Fain & Alber
「うさぎ王子の耳に関する懸案事項」

うさぎ王子の耳に関する懸案事項

稲月しん

キャラ文庫

この作品はフィクションです。
実在の人物・団体・事件などにはいっさい関係ありません。

目次

うさぎ王子の耳に関する懸案事項

口絵・本文イラスト／小椋ムク

うさぎ王子の耳に関する懸案事項

「おばあさまは、いつお耳が生えたの？」

フェインは背伸びして大きな肖像画を見上げた。

そこには白くて可愛《かわい》らしいうさぎの耳がついた女性が描かれている。白いうさぎの耳と淡いピンクのドレスがよく似合う、小柄な女性だ。

フェインと同じ茶色の髪に、茶色の瞳。くるりと丸い目の形もよく似ている。

「十五歳。ちょうど、私の年齢だな」

同じように肖像画を見上げているのは一番上の兄、テムル兄さまだ。

「なら、兄上にももうすぐ耳が生えるかも。可愛らしいうさぎの耳が」

からかうように声をあげるのは二番目の兄、レペ兄さま。

「おばあさまのおじいさまは、狼《おおかみ》だったというぞ！　私は獅子《しし》がいい」

「獅子なら、王家の紋章と同じだな。よし。兄上が獅子なら、俺は豹《ひょう》だ！」

がおーっ、とフェインに向けて大きな声を上げるから、フェインはびっくりしてその場にしりもちをついた。小さな体は、少しバランスを崩しただけでよく転んでしまう。

「レペ様、フェイン様を驚かさないでください」

転んだフェインを抱きあげたのは、テムル兄さまの学友として城によく来ているアルベルだ。

テムル兄さまが十五歳。アルベルが十三歳。レペ兄さまが十二歳。フェインが五歳。兄さまたちは、五歳のころにはもう木刀を握っていたのだというけれど、体の弱いフェインは木刀を握るどころか満足に走ることもできなかった。

「ごめんよ、フェイン」

いつもはいたずらばかりしているというレペ兄さまだけど、フェインにはとっても優しい兄さまだ。

「大丈夫ですか、フェイン様？」

アルベルはフェインを抱えたまま、顔を覗《のぞ》き込んでくる。アルベルの綺麗《きれい》な青い瞳がとても近くて嬉《うれ》しくなったフェインはアルベルの頬に手を伸ばした。

小さな手が頬に触れると、アルベルはその手をそっと上から包み込んで笑う。

アルベルが笑ってくれて、フェインはますます嬉しくなる。

「大丈夫だよ。痛くない！」

フェインはアルベルが大好きだった。

優しくて強い兄さまたちも好きだけれど、アルベルは違う。もっともっと好き。

「おお！　フェインは強いな！　よし。フェインにも立派な虎の耳が生えることを願おう。兄上が獅子で、俺が豹。フェインは虎だ！」

今度はちょっと控えめに、がおーっと言うレペ兄さまが面白くて笑う。

テムル兄さまには強い獅子がよく似合う。誰より速く走れるレペ兄さまにも、豹はぴったりだ。

こうしてみんなと一緒にいる時間が楽しくて、ちょっと息が苦しくなったのは内緒だ。それを言ってしまうと、すぐに寝台に連れて行かれてしまうから。

こんなに体の弱いフェインにはきっと虎なんて強い獣は似合わないなと思う。

もしフェインが選べるなら、大空を羽ばたける鳥がいい。元気に空を飛びまわれるなら、鳩《はと》だってツバメだっていい。

「アルベルは？」

獅子と虎と豹。強い獣は他に何があるだろうかと考える。

「アルベルはおばあさまの血をひいてないからなあ。獣人は珍しい。同じ血筋に現れることはあるけれど、そのほかには滅多にない」

「父さまは？　父さまならきっとすごく強い獣人になると思う！」

「父上はもう、大人だからな。獣人の特性が現れるのは成人までらしい」

「獣人じゃなくても、父上は強いぞ。兄上とアルベルと俺が三人一緒になっても勝てないのだから！」

何も持っていない手で、剣を振り下ろす真似《まね》をするレペ兄さまに、すごいねと言ったのは覚えている。けれど、そこから瞼《まぶた》がどんどん重くなっていく。

ああ、もう体が限界を迎えているのだろうと思った。

熱があがっていく感覚は、フェインにとって慣れたもので……。

くたりと肩に頭を預けたフェインに、アルベルが驚いて大きな声をあげた。大丈夫だよ、と心の中では答えているのに、その言葉は口から出ることはなくて……。フェインを抱えたアルベルと兄さまたちが大慌てで走り出したことだけは覚えている。

朝の眩《まぶ》しい光が分厚いカーテンの隙間からひとすじの光となって足元を照らしていた。

でも目を覚ますのにはまだ早い、とフェインはぎゅっと瞼に力を入れる。そうして毛布を被《かぶ》ってしまえば朝はまだこないはずだった。

今日は小さいころの夢を見た。

うさぎの獣人であったというおばあさまの肖像画の前で、兄さまたちと遊んでいた夢。大好きなアルベルもいて、とてもいい夢だった気がする。

あのころのフェインは体が弱くて、よく熱を出していた。

年の離れた兄さまたちについていくと、すぐに具合が悪くなって迷惑をかけていたような気がする。それでも兄さまたちと遊ぶのはとても楽しくて、少し体の具合がよくなると部屋を抜け出していた。

そんなフェインももう十七歳だ。

成長とともに病気になることは少なくなり、今では普段の生活で熱を出して寝込むようなことはない。

来年、十八歳になり成人を迎えれば王族として政務もこなすようになる。それまでのわずかな自由な時間。朝くらいは好きな時間に起きたいと思って何が悪い、と開き直って毛布を被ろうとしたときだった。

「フェイン様っ！」

すぐ隣で響いた声に、そろりと片目を開ける。

そこに立っていたのはややふくよかな女性。黒いシンプルなドレスは城に仕える侍女が身に纏《まと》うものだ。きゅっと後ろに結んだ髪はドレスと同じ黒。優し気な細い目が、今は大きく見開かれている。

小さいころからフェインの専属で、三人の子を育てつつも侍女を続けてくれているコリンナだ。コリンナの目が開いているのは、驚いたときか怒っているとき。

フェインが起きなかったことはそんなにコリンナを怒らせただろうか？　そう思いつつ、ゆっくり体を起こす。まだ頭は起きていないけれど、コリンナを怒らせないほうがいいことは昔からよく知っている。

「あ……っ、ああ、なんてこと！」

コリンナの目がさらに大きく開いたことで、フェインはようやくコリンナが怒っているのではなく、驚いているのだと知った。

けれど何に？

ゆっくり首を傾《かし》げると、ふぁさりと頬に触れるものがあった。

シーツは手元にある。シーツではない。枕だって、腰の下。頬には触れないし、何よりこんなにふわふわとしていない。

「ふわふわ？」

ここに、そんなものはないはずなのだと頭が理解したとたんに、フェインは一気に目を覚ました。

「これ……、何？　痛ぁっ！」

ふわふわの正体を確かめてやろうと引っ張ったのがよくなかった。摑《つか》んだ場所も、その先の頭の部分も両方が痛い。

じんじんと痛む頭に手を当てると、そのふわふわが頭にぴたりと張りついていることがわかる。

そんなはずはないと何度もふわふわと頭が繫《つな》がっている部分に手を当ててみるが、それはそこから生えているかのように動かない。

「かっ……鏡っ。コリンナ、鏡持ってきて！」

「かしこまりましたあっ！」

バタバタと足音を立ててコリンナが鏡台に置いてある手鏡を取りに行く。常にお行儀よくと言っている彼女でも、それを忘れてしまうこともあるようだ。

「どうされましたか？」

落ち着いた声が聞こえてほっとした。

この騒ぎを聞いたのだろう。部屋の前にいた騎士が様子を見に来てくれたのだ。

「これ、何？　これっ……こっ、これ！」

色々と説明したいことはあるのに、パニックになったフェインは『これ』とばかり繰り返す。

引っ張ると痛いということがわかったので、触れるのも怖い。

動くたびに頭に張りついている何かが揺れる。

「……」

寝室を覗き込んできたのは、近衛《このえ》騎士のなかでもベテランのスキュアだった。

短く刈った灰色の髪に、整えられた同じ色の髭《ひげ》。鍛えられた体は、フェインをふたり抱えても揺るがないだろう。

そのスキュアが、フェインを見て動きを止める。

まさに呆然《ぼうぜん》といった表情で立ち尽くす彼を見てフェインはますます不安になった。

「フェイン様っ、鏡でございますっ！」

コリンナが転がるように走ってきて、フェインの手に鏡を握らせる。

「早く、ご覧になってくださいっ」

切羽詰まった声で叫ばれて、手が震えた。

もふもふしているけれど、正体がわからない。昨日の自分にはなかった違和感にただ戸惑う。

「フェイン様っ。これは……これは……っ」

これは、なんだろうとそうっと鏡を持ち上げた。

鏡に映ったフェインの頭には、大きく揺れる茶色のふわふわ。

「えええええっ？　うっ、うさ……っ、うさ？」

うさぎ……？

「大変っ愛らしゅうございますっ！」

鏡の角度を変えてみるが、それはまごうことなきうさぎの耳だ。

ぴんと立った耳ではない。頭の両側に垂れるようにしてふわふわとしたうさぎの耳がフェインの動きに合わせて揺れている。

ちょっと力を入れてみるとわずかに持ちあがった。

「あがったぁっ！」

「あがりましたね！」

フェインの驚きの声とは違って、コリンナの声はどこか弾んでいる。

「フェイン様、お似合いです！」

力いっぱい言われるが、うさぎの耳が似合っていると言われて嬉しい男がいるだろうか。


その昔、獣人と呼ばれる人種があった。

古くはふたつの姿を持ち、自由に人と獣に姿を変えた。その能力は高く、獣人は神の使いともされ、人々から多くの信仰も集めた。

けれど、獣人は突如として歴史から姿を消す。

完全な獣人が残っていた一番古い記録は、今から四百年も前のことだ。神が人を見捨てたのだ、神の怒りだと騒ぐものもいたが、実際には人とまじりあったことで血が薄れたのだろうという見方が強い。

そう、彼らは人に溶け込んだ。

そのためなのか、稀《まれ》に彼らの特性を持つ人間が現れることがある。

獣としての耳、しっぽ、牙など一部の特性だけを受け継ぐ人間がいるのだ。多くは後天性で、成長期が終わるころ……おおよそ、成人である十八歳くらいまでにその特性が現れる。

もともとは神の使いと崇《あが》められた獣人。その存在は幸運の象徴ともされた。

アズクール王国ではフェインのおばあさま……、先代の王妃がその稀有《けう》な獣人だった。

獣人の特性が現れることは大変に珍しいけれど、同じ血筋に確認されることが少なくない。おばあさまの唯一の子である父さま、孫である兄さまたちに期待がかかったけれど、あいにくと獣人の特性が現れる者はいなかった。

残っているのは第三王子のフェインだけ。けれどフェインは小さいころから体が弱く、長くは生きられないだろうとさえ言われていた。成長とともに徐々に体も健康に近づき、医師からはもう大丈夫だと言われても、長年患った体は他人より小さいままだ。

いくら健康になったとはいっても、周囲はフェインに獣人の特性が現れるわけはないと期待さえしていなかった。

もし獣人の特性が現れるなら、賢王と名高い父さまや文武に優れた兄さまたちにこそふさわしい。フェインもそう思ったし、成人の年齢が近づくにつれ、小さいころに抱いていた淡い期待もなくなっていったはずだった。

だけど、今……フェインの頭には、うさぎの耳がある。

小さいころに夢見た鳥ではない。獅子でも豹でも虎でもなく……うさぎ。

おばあさまと同じということは嬉しいけれど、もうすぐ成人を迎える男に可愛らしいうさぎの耳が生えるというのは微妙だ。

「これ、そんなに似合ってる？」

顔の真横でふわふわ揺れる茶色の耳をそっと触る。

「ええ、もちろんです」

元気よく答えるのは、セイラ。コリンナと同じくフェインに専属で仕えてくれている侍女だ。フェインに獣人の特性が現れたことを報告しに行ったコリンナはまだ戻ってきていない。きっと色々なことを聞かれているのだろうと思う。

柔らかい桃色の髪に、大きな目のセイラはフェインと同じ十七歳。行儀見習いも兼ねて、三年前からこの宮殿で働いている。その明るい性格もあって城の中では男女問わず人気が高いようだ。

古い家では血統を重んじて男女間の結婚を望むところもあるけれど、そういった場合を除けば、恋愛も結婚も性別にこだわる人は少ない。セイラも特にこだわってはいないだろう。

体の弱かったフェインは、第三王子ということもあって経済力のある男性を選ぶほうがいいのではと言われていた。どちらにせよ、好きな人と結婚できれば幸せに違いない。

セイラは、うさぎの耳を見つめて触りたそうに手をむずむずさせている。けれど、ぎゅっとされたら痛い。できれば触れてほしくなかった。

「すっごい可愛いです！　うさぎの耳なんて、最強じゃないですか」

セイラの言う最強は、きっとフェインの求めているものじゃない。

もしフェインに獣人の特性が現れたら、きっと物語の英雄のように強くなるのだろうと思っていた。獅子の耳が生えたとたん筋肉隆々になって重たいものを持ち上げるとか、豹の耳が生えたとたん誰よりも速く走れるようになるのだとか。

けれどまだ、フェインに実感できるものは何もなくて……。

「フェイン様、これはすごいことです。きっとこれからたくさんいいことがあります！」

セイラの言葉にぴょんとうさぎの耳が跳ねた。

せっかく獣人の特性が現れたのに、自分の思っていたものじゃないなんて……、なんて贅沢《ぜいたく》なことを考えていたのだろう。

「そう……、だよね。獣人の特性が現れたって、すごいことだもん」

ぎゅっと握りしめた拳に、いつもより力が入っている気がした。獅子や豹じゃなくても、きっとすごい能力を秘めているはずだ。

そう思い始めると、部屋でじっとしているのがもったいない気がしてくる。

「おばあさまは、どんな能力をもっていたのかな？」

「可愛いこと以外にですか？」

セイラはどうやら可愛いことが最重要であるらしい。セイラにとっては確かに大切なことなのだろうけれど、フェインにとっては少しも重要なことじゃない。

「うー……ん？　獅子や、熊の獣人は力が強いって言います。その動物の特性が現れるとすれば……」

その動物の、特性？

フェインにはうさぎの耳が生えた。つまり、うさぎの特性を持っている可能性が強い。だとすれば……。

「やっぱり、可愛いのではないでしょうか！」

自信たっぷりにセイラが声をあげるけれど、違う。それよりもっと特徴的なことがあるはずだ。

「高く跳べる、とか？」

立ち上がって、ぴょんと跳び上がってみる。けれど、あまり高く跳べた実感はない。

「フェイン様……」

セイラが気の毒そうな目で見てくるが、うさぎの能力はそれだけではないはずだ。

「耳！　耳だよ。音がよく聞こえるとかあるかもしれない！」

音をよく聴こうと集中してみる。少しずつ、うさぎの耳が両側に持ち上がっていって……。

『フェイン様は……』

その声が聴こえて、フェインは部屋の扉に向けて走った。

一瞬だったけれど、聞こえたのはアルベルの声だ。アルベルが近くにきているのかもしれないと、勢いよく扉を開けて……。

「どうしましたか？」

廊下に控えていたスキュアが不思議そうにこちらを見る。

フェインはきょろきょろと周囲を見渡して、スキュア以外に誰もいないことを確認するとそっと扉を閉めた。

「フェイン様？」

「アルベルの声がしたと思ったけど、気のせいだったかなあ」

うさぎの能力で聴き取ったと思ったその声は、自分の願望が生んだ空耳だったのかもしれない。アルベルの声ならいつだって聞いていたいから。

うさぎの耳も力を失って、頭の両側にぺたりと垂れる。

「可愛いのは確かですけどね」

「それは……」

フェインがセイラに声をあげようとしたとき、部屋の扉がノックされた。

「アルベル様です、フェイン様」

少し開けた扉の隙間から外の誰かと話していたセイラが、振り返って来客の名前を告げた。

「アルベル？」

その名前に反応して、フェインはソファから立ち上がる。

セイラが扉を大きく開けると、その向こうにはひとりの青年が立っていた。

「アルベル！」

青みがかった黒く長い髪は後ろで緩くまとめられている。深い青の瞳は、フェインを目にして少し驚いているように見えた。

小さいころなら喜んでその胸に飛び込んでいただろう。けれど、それでは無作法だとフェインはこほんとひとつ咳払《せきばら》いする。

「ようこそ、アルベル。お茶でも飲んでいきませんか？」

できるだけ優雅に見えるように微笑《ほほえ》むと、横でセイラが顔を背けていた。肩が揺れているところを見ると、フェインの精一杯の背伸びを笑っているのかもしれない。けれど、好きな人によく見られたいと思う気持ちはどうしたって仕方がないじゃないか。

アルベル・ヴィンフィード。

フェインの好きな人は、一番上の兄、テムル兄さまの側近だ。

テムル兄さまが即位すれば、きっと宰相の地位を得るだろうと言われているほど優秀な人。そのためにアルベルは侯爵家の長男でありながら、後継は弟に譲っている。今の家名は侯爵家が持っていた子爵家のものだ。

「フェイン様に獣人の特性が現れたのだと聞きまして、様子を見にきました。少し、お話を伺ってても？」

「もちろん！」

アルベルの手をひくようにして、フェインはソファに戻る。セイラがお茶の準備のために部屋を出ると、フェインはアルベルが座ったすぐ横に腰を下ろした。

「フィ、本当にうさぎですね」

ふたりきりになると、アルベルはとたんに砕けた口調になる。フェインはそれが嬉しかった。小さいころ、特別な名前で呼んで欲しいと願って……ふたりきりのときならばとこっそりそう呼んでくれた。

そのこっそりは今でも続いている。フィとアルベルが呼ぶたびに、特別になれた気がして、フェインはくすぐったい気持ちになる。

「体調に変化はありませんか？　気分が悪くなったりはしていませんか？」

「大丈夫！　いつもより調子がいいくらいだよ」

ぐっと拳を握りしめると、ようやくアルベルの表情が柔らかくなった。

アルベルは、こうしていつもフェインを気にかけてくれている。小さいころ、四人でいっしょに遊んでいるとき、兄さまたちが先に走っていってしまってもアルベルだけはフェインの小さな歩幅に合わせて歩いてくれて、疲れると抱き上げてくれた。

そのころから変わらない優しさが心地よくて、フェインは甘えてばかりだ。

「安心しました。何か、変わったと思えることはありませんか？」

「変わったこと……」

高く跳べるかと思ったけれど、跳べなかった。セイラがやたら可愛いと褒める。それは特にたいしたことじゃない。

「あ、さっき……！　アルベルが来る前に、アルベルの声が聞こえた気がした！」

「私が来る前に？」

「うん。アルベルが来る少し前に、アルベルが僕の名前を呼んだような気がして様子を見に行ったら、いなくて」

フェインの言葉にアルベルは少し考えるそぶりをみせる。

「私がフィの名前を口にしたのは、この宮殿に入る少し手前ですね」

宮殿に入る少し手前だとすれば、遮るものが何もなくても二十メートルほどある。声なんて聞こえるはずのない距離だ。

ちらりとアルベルの視線が窓に向かうが、窓は閉じられたままだった。

「フィ」

アルベルが真剣なまなざしを向けるから、フェインは目を何度もぱちぱちさせる。

「獣人の能力は様々で、どんな能力があるのかはその獣の特性や個人によっても違います。フィの能力がどれほどのものかわからない以上、うかつに広めない方がいい。わかりますか？」

うんうん、と何度も頷《うなず》くとアルベルはふっと笑った。

「もし何か変わったと思うことがあれば、一番に私に知らせると約束してください。陛下にも、殿下たちにも言っちゃだめですよ？」

「兄さまたちにも？」

父さまはちょっと厳しくて怖い人なので、フェインが気軽に相談できる相手ではない。けれどふたりの兄さまたちはいつもフェインを大切に思ってくれていて、よく様子を見にきてくれる。

「ええ。フィの能力しだいでは、政治に利用されることもあるでしょう。殿下たちはそのお立場から、ご自分の意思ではフィを守れないことがあります。ですから、まずはどんな能力がどういうふうに使えるのか……私と話し合ってから、知らせていくものとそうでないものを判断していきましょう」

「でも、兄さまたちは……」

「心配なのです」

手を取られて間近で囁《ささや》かれると、フェインはくらりと眩暈《めまい》を覚える。

心配なのです、という言葉が頭の中をぐるぐる回って、顔が赤くなってしまいそうだった。

もしフェインの能力が政治にも利用できるものならば、その方がいい。今まで何もできなかったフェインにもできることがあるのならば……。そう思うけれど、アルベルと約束してしまったらそれを破ることなんてできそうにない。

「フィ、約束してくれませんか？」

少し悲し気な瞳を見てしまうと、もう駄目だった。

「約束する。変わったことがあれば、一番にアルベルに言うから！」

大きな声をあげると、アルベルがにこりと笑ってくれて今度こそ顔が赤くなる。

「ありがとう、フィ。私が必ず、フィを守りますから」

アルベルはいつもフェインにそう言ってくれる。小さいころも、今も変わらずに。

だからこそフェインは、頑張りたいと思うのだ。

アルベルと肩を並べることは、今の自分では難しい。それでももう少し自分に自信が持てるようになって……父さまや兄さまたちから一人前だと認められるようになれば、必ずアルベルに告白すると心に決めていた。

セイラがお茶の準備をして戻ってくる前にアルベルは帰っていってしまった。ゆっくりしていけばいいのにと思ったけれど、忙しいアルベルを引き留めることはできなかった。

「僕、図書室に行ってくる！」

飛び出すようにして部屋を出て、向かう先はフェインの住む宮殿に造られた小さな図書室だ。

記憶にあるなかで一番最初に手に取ったのは、なんてことのない絵本だったように思う。そのころのフェインは寝台にいることも多くて、小さな紙に閉じ込められた物語に夢中になった。

今では、文字であればなんでもいいと思えるほどに本が好きだ。

フェインの宮殿に図書室が造られたのは、三年ほど前のこと。医師から、もう体は大丈夫だとお墨つきをもらった記念に兄さまたちが手配をしてくれたのだ。

それ以来、時間があれば自分の図書室で本を読む。兄さまたちがプレゼントしてくれた物語に、城の大きな図書館から借りてきた歴史書。教師が難しい顔をしながら置いていった政治学の本。目につく文字はなんでも面白いと思えた。

特にアルベルと話した後は、自分に何かできることはないかとそわそわしてしまう。そんな気分を落ち着けるのにも、図書室はうってつけだった。

フェインの住む小さな宮殿の一番端にある図書室は、ふたつの小さな部屋を繋げた簡素な造りだ。天井にまで届く本棚はたくさんの本が詰まっている。

広い空間ではないが、本棚には上部の本をとるためのはしごまであった。

フェインのお気に入りは窓際にある小さな机と、読みかけの本を置いておくための書棚だ。個人の図書室だからこそ、この贅沢な目的の書棚がある。例えば歴史について調べているとき、別の著者が書いた同じ時代の本などをその書棚に置いておくと、すぐに見ることができて便利なのだ。

それと、中央の少し開けた空間にある大きめのソファ。物語などを読むときはそこに寝そべって、色々なことを想像しながら読むのもいい。簡単にまとめれば、この図書室全体がフェインのお気に入りだった。

「フェイン様、私は扉の前で待機しておりますので」

近衛騎士のスキュアがフェインに声をかけて扉を閉めると、フェインは本棚に駆け寄って一番右の本棚に視線を走らせた。そこには城の図書館から借りてきた王家関連の本が並んでいる。

フェインの図書室にある王家関連の本は、正式な書記が記した歴史書ではない。それは城の図書館に保管されていて、持ち出しも難しい。

ここにあるのは歴代の王家に関わる人が記した日記だとか覚書きとかで、城の図書館の倉庫に積み上げられていたものだ。傑物と言われた人にも日常があって、冷酷と言われた人にも愛する誰かがいて……それはまるで物語のようにフェインを魅了した。

フェインの学問が進まないのは、こうやって役に立たないと思われるものにまで夢中になってしまうせいかもしれない。けれど、その当時に生きた人たちの記述にはたまに無視できないものもある。箇条書きにされたものだけが歴史ではないと思うのだ。

おばあさまの時代に書かれたものをいくつか抜き取って、窓際の机に運ぶ。

アルベルは、どんな能力があるのかはその獣の特性や個人によっても違うと言っていた。けれど、うさぎの特性が現れたフェインとおばあさまなら同じ能力があっても不思議ではない。

それについて何か書かれているものがないかを探すのが、今日のフェインの目標だ。

よし！　と一度気合いを入れてから、さっそく一番上の本をめくった。

それは、おじいさまの弟にあたる方……大叔父さまの日記だ。記述はちょうどおじいさまとおばあさまが結婚してすぐのころ。大叔父さまとおばあさまはもっと早くに顔を合わせているだろうから、ひとつ前の日記も必要かなと机の上の紙にメモ書きを残して日記を読み進める。

うん。大叔父さまは愉快な方だ。おじいさまとおばあさまの結婚式でたくさんお酒を飲んで、起きたら前庭の噴水で寝ていたらしい。噴水の水で顔を洗っているところを見つけた警備兵の顔が面白かったと書いてある。きっとレペ兄さまは大叔父さまの性格を受け継いだのだろう。

「おばあさまについての記述は……」

ほとんど、ない。

そもそもまめな方ではなかったようで、日記も随分飛び飛びだ。結婚式がすごかったことは書いてある。獣人の特性をもった花嫁を迎えた国民の熱狂ぶりも大叔父さまらしい言葉で書いてあるけれど、大叔父さまはおばあさまとあまり関わり合いがなかったのかもしれない。

ざっと目を通したあと、しおりの大きさに切って置いてある紙に『結婚式。おばあさまの能力についての記述なし』と書いて挟んでおく。こうしておかないと、物覚えの悪いフェインはすぐに忘れてしまう。

「僕もテムル兄さまみたいに頭がよかったらいいのに」

テムル兄さまは本を読んですぐに理解する。わからないところを聞くと、すぐにあの本のあれは……と答えてくれるのだ。フェインにはとうてい無理なことだった。

次の本は、城の厨房《ちゅうぼう》の記録だった。当時の舞踏会の料理や予算などが記してあるものは城の図書館に保管されているが、これは厨房で働く者たちが簡単な連絡事項を綴《つづ》ったり、メモ代わりにしていた冊子だ。

「おばあさまは、にんじんが嫌いだった……！」

うさぎの特性が現れたからといって、味覚まで引きずられるわけではないらしい。おばあさまの名前の横に『にんじんは出さないこと』と書いてあるのが面白くて笑ってしまう。きっと厨房の者たちはおばあさまがうさぎだから、にんじんのメニューを多く出していたに違いない。

特に重要なことはなさそうだと、パラパラめくっただけで先ほどの本と同じようなメモを挟んで三冊目の本を手に取る。

「あ……」

それは王宮専属の医師の助手が書いた記録だった。フェインが驚いたのはその名前がフェインのよく知る名前だったからだ。

「おじいちゃん先生」

熱を出すことが多かったフェインにとっては、両親よりもよく顔を合わせる存在だった。苦い薬を飲めないフェインに怒って……けれど、次に来たときにはその薬を飲みやすく改良してくれていたのを思い出す。真っ白な髭を蓄えた彼は、おじいちゃん先生と呼ばれることを喜んでいた。

二年前に他界して会えなくなってしまった人が、まだ助手だったころに書いた記録。それがあることが嬉しくて書かれた文字をそっと指でなぞる。

きっと正式な王宮専属の医師になってからの記録は城の図書館にあるはずだ。今度、見てみようと思いながらフェインは文字を辿《たど》っていく。

「音……？」

そこにはおばあさまがしきりに音を気にしていたと記してあった。

城の執務室にいながら、前庭が騒がしいと言っていた記録。それから、お祭りのときは市井《しせい》の音がうるさくてかなわないと地下室に籠っていた記録。

城の前庭はかなりの広さがある。そこは普段一般市民にも開放されているが、入れるところは限られている。そこでいくら騒いだからといって王妃の執務室までは届かないはずだ。それに、お祭りのときはみんな街で騒いでいて、城は逆に静かなくらいなのに。

「おばあさまの耳は、遠くの音も聞こえていた……？」

先ほど、遠くにいたアルベルの声が聞こえたことを思い出してフェインはうさぎの耳にそっと手を伸ばす。

この耳にそんな特殊な能力があるのだろうか？

どきどきしながら次のページをめくろうとしたとき、コンコンと窓を叩《たた》く音がした。

そろりとそちらを向いて……窓の外にいる人物にフェインは笑顔になる。

「レペ兄さま！」

短く刈った黒い髪に、男らしい太い眉。剣の腕はかなりのものなのに、驕《おご》った態度はひとつもなくてその気さくな人柄に軍部ではかなりの支持を集めている。

フェインは急いで立ち上がって窓を開けた。

「本当にうさぎだなあ。フェイン、ますます可愛くなって」

窓枠に手をかけたかと思ったら、その大きな体からは想像がつかない身のこなしで部屋の中に入ってくる。ほぼ同時に、図書室の扉が開いてスキュアが顔を覗かせた。

「心配ない。戻れ」

レペ兄さまの言葉に、スキュアは一礼して扉を閉める。

目の前に立ったレペ兄さまは、フェインの二倍くらいはありそうなほど大きい。図書室の窓はそう大きくないのに、よく通れるものだと感心するくらいだ。

「これ以上可愛くなってどうする？」

レペ兄さまが頭を撫《な》でようとするから慌てて避ける。レペ兄さまはショックを受けたように固まるけれど仕方ない。

「強い力で摑まれると痛いです。レペ兄さま、優しく触ってください」

セイラにでさえ、怖くて触らせられなかったのだ。レペ兄さまがあの大きな手で頭を撫でまわせば、きっと痛いに決まっている。

「……レペ兄さま？」

「いや、他の男にそんなことを言ってはだめだぞ？」

「そんなこと？」

「優しく触ってなど……。フェイン、お前は自分の可愛さを自覚する必要がある」

レペ兄さまはよくそういう冗談を言う。フェインが可愛く見えるとしたら、それは完全に身内びいきで目が曇っているのだ。

「いいか。男はみんな狼だ！」

「僕はうさぎでした！」

フェインだってできるなら狼だと言われたかった。わざとかみ合わなくした会話に、レペ兄さまは大きな声で笑う。

「体調はどうだ？」

少し屈《かが》んで視線を合わせたレペ兄さまに、フェインは大きく頷く。

「大丈夫。アルベルと同じことを聞くね」

「アルベル……？　あいつ、忙しいくせにフェインのところへ来る時間なんてあったのか」

「そんなに忙しいの？」

「ああ。今日はルワーン帝国から使節団が来る予定だからな」

隣国であるルワーン帝国は、二十年ほど前に建国された。もともとは小さな国だったけれど、次々と周辺の国を吸収し、今では大陸で二番目の大きさとなっている。

フェインのいるアズクール王国にも攻めてくるのではと心配する者もいたけれど、隣国とはいえ間には高い山脈があり、とても兵が越えられるようなものではない。交易も海路を通じて行うことが多いほどだ。山越えも、海越えも兵を送るには現実的なものではなく、だからこそ両国では平和が保たれていた。

「今回の使節団の代表は向こうの第二皇子だ。いつもの使節団と同じ待遇というわけにはいかんだろう。今日の夜は歓迎の晩餐会《ばんさんかい》だ」

「第二皇子？」

その言葉にどきりとしたのは、以前縁談の話が持ち上がったことのある相手だからだ。

結局はフェインの体の弱さと帝国側での事情もあって成立とはならなかったが、体が健康になった今ならばその話が再燃してもおかしくはない。

「あー、違うぞ。そういう話はないから安心しろ」

不安になったことを察して、レペ兄さまが優しく頭を撫でてくれる。はっきりと否定してくれてフェインはほっと息をついた。

「レペ兄さま……、準備は大丈夫ですか？」

フェインは成人前だからと晩餐会には呼ばれなかった。けれど、晩餐会に出席するだろうレペ兄さまは、いつもどおり訓練から帰ってきたばかりのような軽装だ。

「まあ、着替えるだけだしなあ」

この様子ではきっとレペ兄さまの侍従たちはやきもきしながら兄さまの帰りを待っているだろう。

今から湯あみをして、服を着替えて……女性ほど時間はかからないにしても、きっと早く準備を始めるにこしたことはない。

「明日の舞踏会にはフェインも出るのか？」

「多分……？」

うさぎの耳が生えたことで変わるかもしれないけれど、今のところ連絡はない。

「そうか。気をつけろよ。父上と母上のそばを離れないように」

まるで小さな子にでも言い聞かせるようなレペ兄さまの言葉に思わず笑ってしまう。

未成年であるフェインは明日の舞踏会で両親と共に入場することになっている。そばを離れないことは難しくないけれど、来年には成人となるのだ。そんなに心配されるほどのことでもない。

「笑い事じゃないぞ、フェイン」

「うん、うん。気をつけるよ。ほら、レペ兄さまはそろそろ晩餐会の準備をしなきゃ」

難しい顔をしはじめたレペ兄さまの大きな背中を扉に向けて押す。帰りはちゃんと扉から帰ってねということでもあったけれど、レペ兄さまはくるりと向きを変えて、来たときと同じように窓へ向かってしまった。

「フェイン」

窓枠に手をかけて、レペ兄さまが振り返る。

「今度、兄上と三人でお祝いしよう。虎でなかったのは残念だが、めでたいことに変わりはない」

入ってきたときと同じように、軽やかな身のこなしで出ていくレペ兄さまにフェインは慌てて駆けよった。

「あっ、ありがとう」

窓越しに声をかけると、レペ兄さまが笑顔で手を振る。

向かう先がレペ兄さまの宮殿ではないのが気になったけれど、鍛錬好きのレペ兄さまに言っても仕方がないかとフェインも笑顔で手を振り返した。

レペ兄さまがいなくなると、急に周囲が静かになったような気がする。

フェインの宮殿からは、レペ兄さまが走っていった方角……本殿と呼ばれる大きな建物がよく見えた。そこは城の中心ともいえる場所だ。

二階建ての建物だが、一階も二階も天井が高く建物自体が大きい。

小さいころ、熱を出して寝込んでも、兄さまたちやアルベルがいる本殿が見えると思ったら、少しだけ寂しさが和らいでいた。

「ちょうどあのあたりがテムル兄さまの執務室なんだよなあ」

テムル兄さまの執務室はバルコニーが広いのでわかりやすい。きっとあそこには側近であるアルベルもいるだろう。

「おばあさまが使っていた執務室から前庭までって、ちょうどこれくらいの距離だよね？」

あんな離れた場所の音が聞こえてくるなんて、どんな感覚だろうと首を傾げたとき、うさぎの耳がふわりと持ち上がった気がした。

「え……？」

急に人混みに放り込まれたのかと思った。

それくらい、様々な音が入りまじって聞こえてきて、フェインは目をぱちぱちさせる。

すぐ近くで咳払いが聞こえたかと思うと、後ろで侍女たちが笑いながら噂話《うわさ》をしている。上から足音がして、下から鳥の声が聞こえる。

周囲の音が洪水のように押し寄せてきて、額からじわりと汗が流れた。

倒れないように窓枠をぎゅっと握りしめて、足に力を入れる。まるでいろんな音がフェインのまわりを飛び回っているようだと思った。

『フェインが……』

たくさんの音の中、ふとフェインの名前が聞こえた気がした。少しだけだったけれど、テムル兄さまの声だったような気がする。

もっとよく聴いてみようと耳を澄ませると、飛び回っていた音が少しずつ少なくなっていった。この声を聴きたいと集中することによって、まるで花びらが散っていくように余計な音が消えていくようだ。

『聞いたか？　フェインに獣性が現れた』

テムル兄さまの声だけがはっきりと聴こえたとき、フェインは飛び上がって喜びそうになった。やったと小さく拳を握ってその音に集中する。

『うさぎらしいぞ。それはそれは愛らしいだろう。早く見たいものだ』

『明日になれば見られますよ』

テムル兄さまのあとに続いたのは、アルベルの声だ。

こんなに遠くからでもアルベルの声が聴けると思うと自然に口角が上がってしまう。

『ふん。お前も早く見たいくせに』

『私は先ほど』

『は？　どういうことだっ！』

どんっ、と何かを叩く音がしてぴくりとうさぎの耳が震えた。テムル兄さまがあんなに大きな声をあげるなんて思わなかった。

ちょっとだけうさぎの耳が力をなくす。同時に集中も切れたのか、テムル兄さまとアルベルの声も聴こえなくなってしまった。

これではだめだと、もう一度窓に意識を集中する。

今度は聴きたい声をはっきりと意識していたせいか、うさぎの耳はすぐに音を拾ってきた。

『……早く結婚を申し込めばいいのに』

テムル兄さまの声だ。

結婚？　結婚を申し込むって、言った？

再び会話が聞こえなくなるのは嫌で、フェインはきゅっと唇を結んで集中する。

『もうしていますよ』

その声が。

アルベルが言った言葉が、やけにはっきりと響いて悲鳴をあげそうになった。

早く結婚を申し込めと言われて、もうしている？

アルベルが、誰かに結婚を申し込んでいる？

音を拾うどころではなくなって、フェインは力なくその場に座り込む。

「うそ……」

そんな相手がいるなんて知らなかった。

交際している噂も、好きな人がいるという噂もなかったのに、急に結婚だなんて。

アルベルはいろんな意味で注目を集める人間だ。今まで噂にならなかったのは、きっとアルベルが大事にその人を隠していたのだろう。

アルベルが結婚を申し込んだなら、きっと断る相手はいない。

世界が急に真っ暗になった気がして、息が苦しい。

鼻の奥がつんとして、ああ自分は泣いてしまうのかと思った。

「やだ」

涙が溢《あふ》れそうになる前に、フェインは大きく首を横に振る。

フェインはまだ、何もしていない。

一人前だって認められてもいないし、アルベルに告白だってしていない。

こんなふうに突然終わるなんて受け入れられるはずがなかった。

そこから、どんなふうにして自室に帰ってきたのか記憶がはっきりしない。

かろうじて泣きはしなかった。泣いてしまうと、失恋を認めたような気がして泣けなかった。報告に行っていたはずのコリンナは戻ってきていて、何か言いたいことがあるようだったけれど明日にしてもらって寝台に倒れ込む。

「ずっと好きだった」

フェインの一番古い記憶の中には、すでにアルベルがいた。

そのときから、大好きだった。

だからきっとフェインは生まれた瞬間から、アルベルのことが好きなのだ。

「アルベルだってもう二十五歳だし」

結婚するには、むしろ遅いくらいだと言っていい。

フェインが成人になるまで待ってくれればよかったけれど、八歳もの歳《とし》の差はどうしたって残酷だ。

ともすれば出そうになる涙を堪《こら》えるためにフェインはぎゅっと目に力を入れる。

「うさぎの耳なんて、いらなかったな……」

アルベルのために早く一人前だと認められたかった。獣性に目覚めたことは偶然だったけれど、これでアルベルの隣に立てるかもしれないとちょっと期待してしまった。

きゅっとうさぎの耳を引っ張ってみる。

この耳が余計な話を拾ってしまった。

アルベルが誰かに結婚を申し込んでいるなんて聞きたくなかった。

「知らないままだったら、告白できたのに」

深い息とともに吐きだした自分の言葉にフェインは驚く。

確かに自分が言ったし、そう思った。

けれど、知ったとしても知らなかったとしても事実は変わらない。

果たして自分は知らないままだったら告白できたのか。そうして、知った今は告白できないのか。

「……できる」

アルベルに好きな人がいても、その人と結婚するのだとしても。

「好きだって言うのは自由だよね？」

それに気づくと、フェインは勢いよく体を起こした。

「告白しよう。してしまおう」

そうして盛大に振られてしまったほうがいいと寝台から立ち上がった。けれど、その瞬間に窓の外が薄暗いことに気づいてしまう。

もう、夕方だ。

ということは、晩餐会も始まるころだろう。そんなところへ行って突然告白するわけにもいかない。

勢いを挫《くじ》かれて、うさぎの耳がしゅんと垂れる。このうさぎの耳はフェインの感情に敏感なようだ。

明日は舞踏会だ。日中はフェインも準備に忙しくなるし、アルベルもきっとそうだろう。せっかく告白を心に決めたのに、実現するのはまだ先になりそうだった。

「フェイン様、先ほどから赤くなったり青くなったり……。やっぱりご気分がすぐれませんか？」

声をかけてきたのは、セイラだ。

昨日はあのまま眠ってしまって、起きたときにずいぶん心配された。

顔色も悪いと、午前中は寝台の上で過ごすことになり、多めに出された昼食をすべて食べることでやっと起き上がることを許してもらえたところだ。

「ちっ、違うよ。ちょっと考えていることがあって……」

「まあ。よければ相談にのりましょうか？」

さきほどから百面相をくりかえしていたフェインを心配してくれていたらしい。それはコリンナも同じようで、相談を年の近いセイラに任せて席を外してくれた。

きょろきょろと部屋を見回しても、この部屋にはフェインとセイラしかいない。

「相談……。セイラは好きな人がいる？」

「ええ、おりますよ」

にっこりと笑ったセイラは、少しだけ頬を染めている。きっと素敵な恋をしているのだろう。

「じ……じゃあさ、もしその好きな人に別の好きな人がいたらどうする？」

「あら。そんなこと。もちろん、奪います」

先ほど愛らしく頬を染めていた少女と同じ人物かと思うほどにはっきりした口調で言い切ったセイラにフェインは目を白黒させる。

「うば……？」

「奪います。まずは既成事実を。それから、徐々に気持ちを」

「きっ……！」

思わず大声をあげそうになったフェインは慌てて自分で口を塞いだ。

まさかセイラからそんな過激な言葉が飛び出すとは思わなかったのだ。

「男性というのは、案外、単純なのですよ。フェイン様。体が触れ合えば、情が生まれます。そしてそれは徐々に相手への罪悪感になる。そこで健気にふるまってみせれば落ちない相手はおりません」

「か……っ、かかか……っ？」

もう湯気が出そうになるくらい顔が赤くなっている。

体が、触れる？

セイラは男性とそういう経験があるということだろうか。

結婚前にそういった行為をすることはもちろん、褒められたことではない。けれど、まったくないわけではないということくらいは知っている。

「あの、その……、セイラは……？」

「ええ。それはもう激しいキスでしたわ……！」

キス？

ぴたりと、フェインの動きが止まる。

「きゃあ、恥ずかしいっ。フェイン様、誰にも言わないでくださいね？」

赤くなった顔を両手で覆ってしまうセイラに、フェインはちょっとほっとした。

体が触れるというから、てっきり夜の行為だとばかり……。そこまで考えて、大きく首を横に振る。

以前、大人同士のそういう行為についてレペ兄さまから聞いたことがある。そういうことを教えるのは兄としての責務だとそれはもう、赤裸々に……。

想像なんてしていない。

自分とアルベルがそうなることなんて想像していない。

「うう……」

でも、だったらいいなと思ってしまった。

アルベルとなら。

手を繋ぐことも、キスも……それ以上のことだってきっと幸せだ。

「思いきってフェイン様から誘惑してみればいいのです！」

「ゆ……っ、ゆっ、誘惑っ？」

「もちろんですわ。恋愛は自由です！　相手がいたとしても、それで揺らぐくらいの気持ちならどうってことはないのです」

きっとこんなことを話したと知れれば、セイラはコリンナに大目玉をくらうのだろうなと思いつつも、フェインはぎゅっと拳を握りしめる。

誘惑は難しいかもしれない。けれど気持ちを伝えることで……、もしそれでフェインに揺らいでくれるなら……。

それなら、きっとまだ望みはある。

「アルベル様はちょっとのんびりしすぎです」

「え？」

「アルベル様ですよね？　フェイン様」

セイラに聞かれて、目を泳がせたフェインはごまかすことを諦めてコクリと頷いた。はっきり言ったことはないけれど、アルベルに対する好意を隠せてはいなかったのだろう。常にそばにいたセイラならば気がついても不思議じゃない。

「内緒だよ？」

「わかっております。ああ、そうだ。舞踏会の夜はみんな大胆になるみたいです。絶好の機会です！」

確かに、そんなふうに聞いたことがある。

今夜は精一杯着飾って、アルベルに……。

フェインはそう心に決めてぎゅっと拳を握りしめた。


夜の舞踏会は盛大に開かれた。

本殿の一番大きな広間で行われた舞踏会は、ルワーン帝国の使節団を歓迎することはもちろん、獣性に目覚めた第三王子が公の場に姿を現すとの情報も流れ、いつもよりも多くの人々でにぎわった。

フェインも白い衣装に身を包み、王族としての入場の機会を待っている。

基本的には身分の低いものから順に会場に入る。まだ成人を迎えていないフェインは両親である国王夫妻と入場することになり、最後の入場となる予定だ。

舞踏会の始まりを告げる、国王夫妻の入場。いつもならフェインの存在など誰も気に留めない。けれど今日は、獣人の特性が現れてから初めての舞踏会だ。きっと注目を集めるだろう。

「しかし、いい手触りだな」

そう言って扉の前でずっとフェインの耳を触っているのはフェインの母さま。ササラ王妃だ。

母さまはアズクール王国からは随分離れた北国から嫁いできた。まっすぐな銀色の髪と青い瞳は北国の王族の特徴だ。切れ長の瞳は普段は厳しく周囲を見渡すものだが、さすがにうさぎの耳を触る様子は、興味津々といった具合で表情が柔らかい。

「あの、母さま。それくらいで……」

白く小さな手だけど、母さまは剣術の腕もなかなかのものだ。

アズクール王国では女性が剣を持つことは珍しいが、母さまの故郷は厳しい北の大地だ。女性であっても剣を握ることは当然で、母さまは今も鍛錬を欠かさない。

そんな手でずっと触れられている。

何かの拍子にぎゅっと握られれば、本当に痛い。ぴくぴくとうさぎの耳が震えてしまうのも仕方なかった。

「ふむ。男は育てば可愛さなどなくなるものと思っていたが、フェインはいつまでもフェインだ」

フェインは他の人より発育が悪い。兄さまたちと比べるならば余計にその差は目立つだろう。

母さまの言葉が『小さいままで可愛い』と聞こえたのはきっと気のせいじゃない。

「デル。我はフェインを他国へなどやるつもりはない」

母さまがデルと呼んだのは、アズクール王国の国王デルザ……フェインの父さまだ。

年齢は五十歳だが、それを感じさせないほど雄々しい空気を纏っている。アズクール国王の名にふさわしく、文武両道に優れ、歴代の中でも五本の指に入るほどの賢王だと言われている。

フェインと似ているのは、その髪と瞳の色くらいだろうか。

横に並べば、親子と言われてもにわかに信じられないほどに体格が違う。

ごつごつとした手は、小さいころから鍛錬してきた証《あかし》であるし、鋭い眼光は己にも他人にも甘えを許さないことの表れだった。

フェインは父さまが少しだけ苦手だった。

兄さまたちが、剣を持って何度も挑んでいる姿を見ていた。

ときには叱咤《しった》し、激励しながら、父さまは兄さまたちにあらゆる武芸を叩きこんだ。

それなのに、フェインは何も教わることができなかった。

体が弱かったために外を走ることさえ難しい。息子たちを鍛えることはきっと父さまの楽しみであったはずなのに、フェインはその期待にこたえることができなかった。

「なるように、なるだろう」

父さまが低い声で呟《つぶや》いて、フェインはぴくりと肩を揺らす。

獣人の特性が現れたことで、フェインの立場は大きく変わる。きっと他国からも結婚の打診がくることがあるだろう。だからこそ、母さまは他国へやらないと言ったし、立場の難しい父さまは明言を避けた。

「フェイン。気にすることはない。デルは少し拗《す》ねているだけだ」

「へ？」

拗ねるという言葉と父さまとが結びつかずに、フェインは首を傾げる。

「お前に獣性が現れて、羨ましくて仕方ないのさ」

「羨ましい？　だって、うさぎですよ。父さまなら獅子とか狼とか強い獣の方が似合うのに。父さまもうさぎの耳を欲しいと思いますか？」

会う人、会う人から可愛いと言われてフェインは少しも面白くない。

「ははっ、デルにうさぎの耳か。それはいい！」

母さまが声をあげて笑い始め、父さまが少し上を向く。あまり表情の表れることのない父さまだけど、今は笑いを堪えているらしい。

確かに、この雄々しい父さまにうさぎの耳は似合わないことこの上ない。

「陛下、お時間です」

横に控えていた侍従が、扉に手をかける。

会場の音楽が変わった。国王夫妻を迎える華やかな音が鳴り始める。

もうすぐ、この扉が開いてフェインは会場に足を踏み入れる。

きっと多くの注目を集めるだろう。獣性とはいえ、男なのにうさぎの耳が生えてしまったのだ。内心では馬鹿にする者もいるかもしれない。

そういった視線に負けないようにと背筋を伸ばして、大きく息を吸う。

ふと頭に重みを感じて、顔を上げると父さまがフェインの頭に大きな手を乗せていた。

「獣性なぞ、ただの飾りだ」

驚いている間に手が離れていってしまう。

頭を撫でられた。

ただ、それだけのこと。けれど、今まで父さまがフェインにそうしたことはなかった。いつも少し困ったような顔で遠くから見ていることの方が多かったのに。

「お前はお前だ、フェイン。気負う必要はない」

吸った息が、ふうっと体から出ていく。それと同時に扉が開かれて、会場の熱気がフェインの体を包み込んだ。


キラキラとした大きなガラスのシャンデリアは、この会場の一番の目玉だ。

ガラスの扱いは難しい。それを光が輝くように削って加工し、いくつも繋げたシャンデリアは見る人を夢の世界に導くようだ。

海と山に囲まれ、他国からの侵略の心配のないアズクール王国の歴史は長く、芸術面では多くの偉人を輩出している。

絵画の分野においても他国に名を知られた者は多く、天井画もそうした者たちが技術を継いで何代にもわたって描き上げたものだ。積み重なる歴史が作り上げた舞踏会の会場は人々を魅了してやまない。

そこには今、着飾った多くの人々が集っていた。

国王である父さまからルワーン帝国の使節団に歓迎の言葉が述べられ、軽快な音楽が流れ始めると人々はこぞって踊り始めた。

その中でフェインはずっとひとりを探していた。

アルベル。

今日は、アルベルと踊りたい。そう思って会場に視線を巡らせているけど、目当ての人物は見つからない。

会場には人が集まっている場所がいくつかあった。

その中で一番大きなものは、やはりルワーン帝国からの使節団を取り囲むもの。今回は初めて第二皇子が来ているはずで、お近づきになりたいと願う者も多いのだろう。

もうひとつの集まりは、レペ兄さまを中心にしたもの。

こちらは女性が多くて華やかに見える。その中からひとりの令嬢の手を引いてレペ兄さまが踊り始めると、会場がわっと盛り上がった。派手好きのレペ兄さまらしく、令嬢を振り回しそうな勢いで踊っている。

あとはきっと、テムル兄さまを中心にした集まりがあるはず。きっとそこにアルベルはいると目をこらすが、どの集まりの中にもその姿を見つけることはできない。

「フェイン。いつまでもおかしな顔ばかりしていないで、皆に挨拶してまいれ」

母さまにそう促されれば、さすがにフェインもじっとしているわけにはいかない。いつもの舞踏会ならば、未成年であることを理由にすれば咎《とが》められることはないけれど、今日はさすがにそうもいかないだろう。

フェインが動き出すと、少しだけ会場のざわめきが大きくなったような気がする。

レペ兄さまは踊っている最中だ。

テムル兄さまは見つからない。

とりあえず、ルワーン帝国の使節団とは離れた場所にいけば人は少ないはず……と一番大きな集まりと逆の方向へと足を進めようとした。

しかし、フェインの思惑は外れて、数歩もいかないうちに人々に取り囲まれてしまう。

「フェイン殿下、なんとお可愛らしい」

「今日は私と踊りませんか？」

「今度ぜひ、我が家の舞踏会に……」

そんな言葉をかけてくる相手を見て、フェインは戸惑いを隠せない。

もともと体の弱かったフェインは、男性に嫁ぐと噂されていた。しかし、子がなせない以上、家を継ぐ者はその候補に入らない。

家柄がよく、次男以下。自分でフェインを養うほどの地位か財産のある者。

フェインの結婚相手はそんな狭い範囲で絞られてしまって、今まで声をかけてくる人なんてほとんどいなかった。

けれど、獣性に目覚めたことによって、子をなせないことはさして問題ではなくなったらしい。話をしたこともなかった上流貴族の嫡男までもがフェインを取り囲んでいて、不思議な感じがした。

「今宵《こよい》は一段とお美しい。その手をとる最初の名誉を私にくださいませんか？」

手を差し出しているのは、由緒ある伯爵家の嫡男。少し浮いた噂はあるけれど、柔らかいまなざしでご令嬢たちからの人気は高い人だ。

けれど、最初に踊るのはアルベルがいい。

アルベルはどこだろう？

話しかけてくる人々の中にいて、きょろきょろするわけにはいかなくて……。フェインはそっと耳を澄ます。

こうして周囲の音を拾っていけばアルベルを見つけられるかもしれない。

『あー、うさぎ。うさぎだぜ？　あの耳、動くのか？』

　飛び込んできた声にぴくりと肩が震えた。

「フェイン殿下、それよりはぜひ私と」

『うん、まあ、男にしちゃ可愛いよな。男を嫁にすると浮気しても大丈夫だと聞いたが』

「フェイン殿下、実はずっと前から……」

『でも王子だからなあ。王子を娶《めと》っておいて浮気って大丈夫か？　まあ、子供作るためって言えばいけるか？』

　わんわんと響いてくる声に眩暈がする。

　どれが実際に自分にかけられている声で、どれが離れたところで囁かれている声なのか区別がつかなくなってくる。できるなら、走って逃げだしたいと思った。

『フィ？』

　その中で、ひときわはっきりと聞こえた声にフェインは振り返る。

　まだ遠くだ。それでも、フェインのことをフィと呼んだその声はアルベルのものだった。

『あー、もう。どうしてひとりでいるのですか。レペ様は何を？　テムル様がぐずしていなければもっと早くに……！』

　アルベルが自分を心配してくれている。

　それが嬉しくて、もっと声を聴きたくて。

ただでさえ、余計な音を拾っていたフェインの耳は、もっとと願ったことでさらに多くの音を拾ってきた。

交わされる囁き、小さな悪態、なんでもない婦人たちの会話。それから、足音。音楽。楽器を弾く指の音。落ちたスプーンの音。衣擦れの音。

突然溢れた音の洪水に視界が定まらなくなって、フェインはゆっくり目を閉じる。

大きく息を吸って、吐く。

意識を内側に向けていくと、思ったより簡単に音は遮断できた。

「どうされましたか、フェイン殿下？」

「ご気分がすぐれませんか？」

そうすると聴こえてきたのは、直接かけられている声だけだ。

アルベルの声は聴こえなくなってしまったけれど、さっきの状態が続けば倒れていたかもしれない。そうなるよりはずっとよかった。

「大丈夫です。少しだけ、外の空気を吸ってきます」

フェインは伸ばされる手を避けて、庭へ続くテラスへ向かう。もちろん、ついてこようとする者は何人もいたけれど、そのすべてを断ってなんとかひとりになれた。彼らもお互いに牽制《けんせい》し合って、抜け駆けができなかったようだ。

外に出てしまうと、嘘《うそ》のように静かになった。

かすかに音楽は聞こえるものの、一番うるさかったのは人々の話し声。

少し散歩して戻れば、気分もよくなっているかもしれない。

フェインはそう思って、テラスから庭へと続く階段を下りていく。

この先には小さな噴水がある。

そこで少し涼めばきっと大丈夫。

だって、今日はどうしてもアルベルと踊りたい。そのためには気分が悪くなったことを知られるわけにはいかない。平気な顔をして戻らないと。

目標はまず、アルベルを見つけてダンスに誘う。

ダンスが終わったら、できればふたりきりになって……そして……。

『思いきってフェイン様から誘惑してみればいいのです！』

セイラから言われた言葉が頭に浮かんできて、首を大きく横に振った。

「誘惑なんてできないよっ」

まだ頭がぼうっとしていた。思ったより大きくなってしまった声に慌てて口を塞ぐのと、少し離れた場所で誰かが笑いだす声が聞こえたのは同時だった。

聞かれてしまった、とフェインは真っ赤になって周囲を見渡す。そして目当ての噴水の縁に腰を下ろしている騎士らしき人物を見つけた。

黒い髪に黒い瞳。

騎士だと思ったのは、その服が貴族達の着るような飾りのついたものではなかったからだ。身分の低い貴族であっても、王家主催の舞踏会にそんな飾り気のない服は着ない。目の前にいる男の服は、生地こそ素晴らしいものだったが、簡素で宝石のひとつもついていなかった。フェインよりは頭ふたつぶんほど背が高そうだ。レペ兄さまほど大きな体ではないけれど、それでも十分に鍛えているとわかる体つきだ。

「失礼。可愛らしい殿下の口からそんな言葉を聞くとは思わなくて」

まだかすかに肩を揺らしながら、その人物は噴水のそばにあった椅子を勧めるように手を差し出してきた。

断ることもできたけれど、誘惑なんておだやかでない言葉を聞かれたからには釈明のひとつでもしたい。導かれるまま椅子に腰を下ろしてフェインは騎士を見上げる。

改めて近くで見ると騎士は随分男前だった。

年齢は二十代半ばだろうか。アズクール王国ではあまり見ない顔立ちだ。きりりと太い眉に、少し吊《つ》り上がった目。薄い唇。冷たい印象を与えそうなのに、今はフェインが笑わせてしまったせいで頬の筋肉が緩んでいる。

騎士は自分では椅子に座らずに、フェインに頭を下げる。

「私はルワーン帝国のザザ。どうか不敬にお許しを」

「……許します」

もとは不注意で飛び出した言葉だ。それにフェインだって他人がそんな言葉を口にするのを聞いたら笑ってしまう。

「ザザは誰かの護衛ですか？」

ルワーン帝国の使節団を歓迎する舞踏会だ。そこに混じる誰かを守るためにこの場にいるのだと思った。それにしては、その誰かの姿は見えないけれど。

「服が簡素過ぎて失礼だから庭に出ていろと追い出されてな」

確かに、いくら護衛の騎士といっても国が主催の舞踏会には不向きな格好だ。それに、とフェインはザザを見上げる。

さっき、フェインのことを殿下と呼んだ。

フェインが王子だということはわかっているはずなのに、言葉遣いが改まらない。追い出されたのは、そういう態度も関係しているに違いない。

「ルワーン帝国では舞踏会でも、そういう格好で？」

「他の者は着飾る。これでもかというほど輝く宝石を身に着ける者もいる。ただ、私はどんな場でもたいていがこの格好だ」

「どんな場でも？」

使節団に選ばれて、舞踏会に連れてこられるくらいなら、ザザは普通の騎士ではなくてそれなりの地位もあるはずだ。それなのに、ほとんどがこの服というのはおかしな軋轢《あつれき》を生まないものだろうか。

「え、重要な会議とか」

「これで」

「謁見とか？」

「これで」

「結婚式、葬儀！」

「これだ」

まったくブレない答えにフェインは呆《あき》れてしまう。

唯一の救いは服が黒であることだろうか。黒だからこそ、ぎりぎり許される……かもしれない。舞踏会は無理だったけど。

「驚いた」

「それはどうも」

陽気に答えるザザに、今度はフェインが笑ってしまう。

「どうして頑《かたく》なにその服なのですか？」

「頑なつもりはないが、面倒だ。服を着飾ることに意味などないだろう？」

「意味？」

そう返されて、フェインはうーんと考え込んでしまう。

「意味なんて、考えたことがありませんでした。それはそうあるものと」

「では考えてみろ。殿下の胸に輝くその宝石ひとつで一体何人の命が救われ、どれだけのことができるのか」

「えっ、そんな難しい話ですかっ？」

確かにこの胸にある宝石のついたブローチの価値は高い。これはアズクール王国に長年伝わるもののひとつで、これひとつで小さな庭のついた家くらいなら買える。

けれど……と思う。フェインがこの宝石を身に着けるのは、価値を見せびらかしたいからじゃない。

「着飾ることよりも、そういったことに使われた方が効率的だろう」

効率的だと言われてしまえばそうかもしれない。黒一色の衣装は、効率だけを考えれば、それに勝るものはない。けれどフェインは、一見無駄だと思えることにも意味があると思うのだ。

「でも、私がこれをつけなければ、失われるものがあります」

「失われるもの？　王家の矜持《きょうじ》か？」

「いえ、職人です」

答えが意外だったようで、ザザが少し驚いているのがわかった。

「アズクール王国には宝石を加工する技術があります。これは四代前の国王のために作られたものですが、こうしてここの金属を花のように加工するためにはかなりの技術が必要です」

このブローチは、贅沢品ではあるけれど価値はそれだけじゃない。それを知ってほしくて、つい言葉に力が入る。

「みんながザザのような服装をしていたら、このブローチを作る人はいなくなってしまう。王族が何代にもわたって受け継ぐほどのものを作る職人がいれば、それを目標に腕を磨く者も出てくる。富を分け与えるのも王族の仕事ですが、富を繋げるのも王族の仕事です」

小さいころは寝台から見るものがフェインの世界のすべてだった。だから、この飾り棚はどうしてそこにあるのか。この水差しはどうやって作るのかとそういう質問ばかりしていた気がする。

それで知ったのは、飾り棚は母さまが嫁入りのときに持ってきたものだということ。

北の地にある神殿で祈りを受けたものだから、きっとフェインを守ってくれると、そこに置かれていること。水差しは、外に出ることの少ないフェインの周りに綺麗なものを置いてやりたいと特注で作られたものであるということ。

聞かなければわからなかった想《おも》いがある。

それはこのブローチの中にも受け継がれている。

「……」

まっすぐに自分に向けられるザザの視線が居心地悪くてフェインはごほんと咳をする。

「難しいことを言いましたが、僕はこのブローチが好きです。誰かが一生懸命に作って、他の誰かが受け継ぐために丁寧に磨いている。嫌いになれるわけないじゃないですか」

四代にもわたって受け継がれた貴金属が劣化を免れることはない。けれども管理を怠らないからこそ、今フェインの手元にある。見えない誰かの努力のおかげだ。

「第三王子は、甘やかされて育って何もできないお荷物だと聞いていたが……」

「ちょっと、それは不敬ですよ！」

ザザの言葉はだいたい合っている。合っているが、本人を目の前にして言うなんてどうかしているとしか思えない。

「いや、礼を言う。目から鱗《うろこ》が落ちたようだ」

「礼じゃなくて謝罪でしょう！　謝罪！」

フェインのことを甘やかされて育ったお荷物だと言ったのだ。自覚があるだけに、その言葉は辛《つら》い。

「ああ。そうだな。殿下に心からの謝罪と、敬意を」

ザザはすっとフェインの前に片膝をついた。そこまでおおげさなことをしなくてもいいのにと慌てて手を伸ばそうとすれば、その手を取られてしまう。

「え？」

気がつけば、ザザの唇が自分の手の甲に当てられていた。

手の甲にキスをするのは、最大の敬意の表し方だ。今までそんなことをされたことがないフエインは驚いて手を引っ込めてしまう。

「人の噂などあてにならないものだと知ってはいたが、今ほどそれを実感したことはない。殿下は立派だ」

さっきとは落差が激しい誉《ほ》め言葉。

「あの、えーっと……」

「さて。それほど立派な殿下はいったい、誰を誘惑しようと思ったのだ？」

その言葉に、一気に頬に熱が集まった。

まさか今、それを蒸し返されるとは思っていなかった。

「いやっ、あのっ、それは……っ！」

「数年前には我が帝国の皇子との結婚話もあったと聞く。もしや……」

「違う！　違いますからっ！」

ザザの言葉に、ようやくザザが何を警戒していたのか知って、フェインは慌てて否定する。

以前、ルワーン帝国の皇子と結婚話があったことは確かだ。その相手が使節団で訪れているときに『誘惑』だなんて言葉を叫んでいたら気になるのは当たり前だ。

「あの、そのっ、誤解のないように言いますけれど、僕には好きな人がいて……っ」

「ほう？」

「けれど、その好きな人は他に想う人がいるみたい、なん……です」

声がどんどん小さくなる。

アルベルが、他の人を想っている。改めて自分で口にしてみると余計にその事実がずしりと胸に響いた。

「それで誘惑を？」

「違います。告白しようと思っただけで……。少しでも揺らいでくれるなら、脈があるかもと……」

自分は一体、何を言っているのだろう？

さっき会ったばかりの異国の騎士に、こんな恥ずかしい話をする羽目になるなんて思ってもいなかった。

「その男は見る目がないな」

ザザが立ち上がると、取られたままだった手を引かれてフェインも立ち上がった。

「小さく愛らしい。純粋で眩しい。殿下を愛さない男はいないだろう」

耳元で囁くように言われて、うさぎの耳が跳ねた。

ザザのような騎士に、そんな言葉を囁かれればきっと心臓はうるさいくらいに音を立てて、全身に熱が回るだろう。

けれど、そうはならない自分の体にフェインはそっとため息をついた。

だめなのだ。

こういう言葉は、アルベルからでなければ意味がないのだ。

甘い言葉を囁いたザザも、フェインの瞳に熱が宿らない様子を目にして自嘲気味に笑う。

「もし告白が上手《うま》くいかなかったときは、私が殿下をもらってやろう」

フェインの手にもう一度唇を落として、ザザは身をひるがえした。

去っていく後ろ姿を見ながら、フェインは今更ながらにうろたえる。それは自分に投げかけられた言葉にというよりは、そういう言葉が交わされるこの状況がとてつもなく恥ずかしくなったためだ。

「てっ……帝国の人は、あんなに簡単に甘い言葉を言うのかあ」

手で顔を扇《あお》ぎながら再び椅子に腰を下ろす。

「アルベルが言ってくれればいいのに」

もしもアルベルにあんなことを言われたら、その場で倒れてしまうかもしれない。

そんな想像をして……けれど、それが叶《かな》わない願いであることを思い出す。少しだけ涙が出そうになって、フェインは慌てて首を横に振った。

「フィ！」

しばらく座っていると、ずっと望んでいた声が聞こえた。

思わず立ち上がると、本殿の方からアルベルが駆けてくるのが見える。

深い青の瞳がまっすぐにこちらへ向けられていた。少し焦っているような表情にフェインは首を傾《かし》げる。

「どうしたの？」

「どうしたじゃありません。姿が見えなくて心配しました。こんなときにひとりになるなんて」

ひとりではなかったのだと言いかけて、フェインは口を閉じる。ここでルワーン帝国の騎士と一緒にいたのだと告げても余計な心配をかけるだけだ。

「顔が赤い。熱があるのでは？」

覗《のぞ》き込んでくるアルベルの顔が近くて焦ると、それを勘違いしたアルベルがフェインの額に手を伸ばした。

大きな手だ。

アルベルは昔から兄たちと一緒に剣を握っていた。将来の宰相候補と言われるアルベルだが、剣の腕もかなりのものだ。今は剣を持つことは少なくなっているが、それでも剣だこのあるごつごつとした手は変わらない。その手が、まるで壊れ物でも扱うようにフェインに触れる。

『殿下を愛さない男はいないだろう』

先ほどのザザの言葉を思い出して少しだけ悲しくなる。

こんなに身近にいて、こんなに心配してくれるアルベルは、フェインを愛していない。

「大丈夫ですか？　念のために、部屋に戻りましょう」

「え？」

「舞踏会で倒れるわけにはいかないでしょう？　もう顔は出していますし、十分です」

「や、やだっ」

今日はアルベルと踊る。そう決めていたのに、当のアルベルによって部屋に戻されるなんて笑えない。

「無理はしないでください。それに……」

何かをアルベルが呟《つぶや》いたような気がしたが、フェインには聞こえなくて首を傾げる。

「部屋で休みましょう。送りますから」

そういうアルベルの目は本当にフェインのことを心配しているようで、フェインは力なく頷《うなず》いた。

アルベルと踊りたかった。近くで見つめて、その瞳に自分に対する気持ちがないか確かめたかった。

歩き始めたアルベルの後ろについて、ゆっくり足を進める。

アルベルとふたりきりなのは嬉《うれ》しいけれど、踊れなかったことが悲しくて気分が落ち込んでしまう。

「手を貸しましょうか？　抱えたほうが？」

そんな様子がアルベルには具合が悪いように映ったようだ。伸ばしてくれる手を無邪気に握ることはできなくて、フェインはゆっくり首を左右に振る。

「大丈夫だよ。ひとりで戻れるから、アルベルは舞踏会に……」

「いいえ。フィが寝台に入るのをちゃんと見届けます」

その言葉にハッとする。

寝台に入るのを見届ける……？

それは、アルベルがフェインの部屋に来るということ。アルベルはコリンナからの信頼もあってふたりきりにしてもらえることも多い。舞踏会より、よっぽど告白するのに適した場所じゃないか。

「フィ？　やっぱり顔が赤い。抱えますよ」

「え……うわっ」

ふわりと体が浮いた。

アルベルに告白、なんて考えていたために顔が赤くなって心配させてしまったらしい。

フェインを抱えて、ちっとも揺るがない足取りでアルベルはフェインの宮殿へと向かう。

小さいころなら……。

ただ、純粋にアルベルが好きだと叫んでいた小さいころなら、喜んでアルベルに体を預けただろう。頰を寄せて、首に手を回して、笑顔でアルベルの名前を呼んで……。

でも、アルベルには好きな人がいる。

告白しようと決めていても、その事実は変わらない。こんなに優しいアルベルが、もっと優しく接する人がどこかにいるのだ。

そう考えるだけで胸がきゅっと締めつけられる。

「アルベル……」

「はい？」

この笑顔も、この温《ぬく》もりも。

フェインのものじゃないなんて。

「アルベル」

涙が出そうになって、ぎゅっと目を閉じる。そんな顔を見られたくなくて、アルベルの胸に顔を埋《うず》めた。

そうするとふわりと甘い香りが漂う。アルベルの香水だろうか……？

いつもはあまりそういったものは使っていなかったように思うけれど、今日は特別な舞踏会だったから……。

アルベルの香りを嗅いでいると、少し頭がくらりとする。でも決して嫌な香りじゃない。むしろ、もっと嗅いでいたくて……。でも、そうしちゃいけないような気がして……。

「フィ、やっぱり具合が良くないですか？」

答えられないフェインに、それを肯定と受け取ったのかアルベルの足が速くなる。

ほとんど駆け込むように部屋に入ると、待機していたコリンナが大げさに驚いている声が聞こえた。

「コリンナ、水を。セイラは医師を呼んでください」

アルベルはふたりに指示を出しながら、部屋の奥へと歩を進める。コリンナは寝室へ続く扉を開けてふたりを中へ通すとすぐに身をひるがえした。

「大丈夫！　大丈夫だから」

ちょっと大げさなことになりはじめたと慌てて声を張り上げるが、フェインに対して過保護な侍女たちは使命感に燃えて機敏な動きで姿を消した。

「フィの大丈夫は、あてになりません」

アルベルはフェインを寝台の上に座らせるようにして降ろすと、その場に膝をついた。

すぐ寝られるように履いていた靴を脱がせてくれようとしているらしい。

「そっ、そんなの自分で……」

「黙って。静かにしてください」

大きな手が、靴の紐《ひも》を緩める。

優しい手つきで右の靴を脱がせると、今度は左の靴。

アルベルの視線が下がっているのをいいことに、フェインはじっとアルベルの顔を見つめていた。

伏せられた目を縁取る睫毛《まつげ》が、長い。

毎日剣を握っていたときは日に焼けていたけれど、最近は執務が多くなって色が白くなった。

長い髪が、少し動くだけでさらりと流れる。その髪に触れたいと思って伸ばした手は……触れる前に力を失って、ぱたりと落ちる。

「アルベル……」

名前を呼ぶと、伏せられていた目が上を向く。

まっすぐに自分を見てくれる瞳に勘違いしそうになって……けれどすぐに現実を思い出して涙が出そうになった。

「熱はないようですけれど……」

様子を窺《うかが》うように頬に伸ばされた手。その手に、自分の手を重ねられたらどんなに幸せだろう？

そう思うのに、戸惑っている間にアルベルの手は離れていって、今度はフェインが身に着けている宝石類をひとつひとつ外していく。こんなに近くにいるのに、フェインは自分からアルベルに触れられない。

ふわりと……またアルベルから、さきほどの甘い香りが漂ってくる。

近くにいるというだけで心臓はうるさいくらいに大きな音を立て始め、頭がぼんやりするような気がした。

アルベルの手が、ほんの少し体を掠《かす》めていくだけでその場所がふっと熱を持つ。

その熱は、ほうっておくとあっという間に体を巡ってフェインを支配してしまいそうだ。うまく働かない頭で、この熱はなんだろうと思う。

体調が悪いときとは、違う熱。

アルベルが好きだという気持ちが熱になって表れているなら、そのまま身を任せたいけれど、それはしちゃいけない気がしてぎゅっと拳を握りしめる。

「アルベル……には、好きな人がいるの？」

本当は聞きたくなかった。

けれど、つい出てしまった。

アルベルの口から聞けば諦められるかもなんて思ったわけじゃない。

アルベルが自分に好きな人のことをどう話すか知りたかった。

ちょっとでも躊躇《ちゆうちよ》してくれるのだろうか。フェインの想《おも》いを察して言葉に詰まったりするのだろうか。

そうしたら、アルベルに泣きついてしまうかもしれない。

フェインを選んで。他の人なんて好きにならないで、と。

「いますよ」

けれど、アルベルはなんの迷いもなくそう答えた。

その答えにフェインはひゅっと息を吸う。

「とても可愛《かわい》い人です。そして、強い人です」

嬉し気に細められる目は、その人を想ってのことだろう。

「……いつから好きなの？」

「さあ、いつからでしょう。ずっと昔には違いないですが、きっかけなんて忘れてしまうくらい自然に好きになっていました」

さらさらと答えるアルベルの目は、じっとフェインを見ていたけれど、きっとフェインに他の人を重ねているのだろう。熱い視線はフェインに向けられるはずのないものだ。

アルベルにとって、自分は恋愛対象にも含まれないのだと思い知る。

躊躇なく、好きな人がいると言える。

あんなに熱い視線を向けて、フェインが揺るがないと思っている。

告白なんて無理じゃないか。

「フィ」

アルベルがそう呼んでくれるのが好きだった。

殿下ではなく、フェイン様でもなく愛称で呼んでくれるのはアルベルだけだったから。

「アルベルは、意地悪だ」

「え？」

告白さえもさせてくれない。

「アルベルなんて嫌いっ。大嫌いっ」

思っていたこととは正反対の言葉を叫んで、フェインは毛布の中に潜り込んだ。声も、温もりも、甘い香りも……全部を遮断してしまいたかった。

「フィ？」

慌てたようなアルベルの声が聞こえたけれど、流れてきた涙を見せるわけにはいかなくて、毛布の中でぎゅっと丸くなる。

アルベルがいることで熱くなる体が嫌だった。こんな熱を持っていることを知られたくなくて、それがすごく恥ずかしいことのように思えて、アルベルの視界から消えてしまいたかった。

泣くものかと思っていたのに、一度溢れた涙は止《とど》まることを知らない。

それでも声を抑えて、アルベルの呼びかけに答えなかったのは泣いていることを知られたくなかったからだ。

「フェイン様、お水をお持ちしましたよ？　あら、まあ……」

コリンナの声がしても、フェインはぎゅっと毛布を握りしめる。

「フェイン様、少し水を飲みませんか？」

　気遣う声に答えられない。ただこうやって毛布に逃げ込むのが精一杯だ。告白しようと思っていた気持ちがどんどん小さくしぼんでいって、涙だけが零《こぼ》れてくる。

　医師が到着しても答えずにじっとしていたら、やがて諦めたように人の気配が消えて行った。獣人の特性が現れて、不安定になっているのかもしれないという医師の言葉に、渋々ながらもアルベルが引き下がって……やっと部屋を出て行ってくれた。

「フェイン様、みなさま帰られました。明日の朝にはちゃんとお医者様にみてもらいましょうね」

　最後にコリンナが毛布の上からぽんとフェインの背中を叩《たた》いてそう言った。隠しているつもりでもフェインが泣いていることはわかっていたのかもしれない。


　誰もいなくなった部屋で、ようやくフェインは毛布から顔を出す。

　寝台の横の小さなテーブルには湿らせた布と水差しが置いてあった。コリンナが準備してくれたものだろう。

　涙でぐしゃぐしゃの顔を拭いて水差しから水を杯に注《つ》いで飲み干すと、すうっと体の熱が引いていく気がした。それと同時にだんだん心が落ち着いてくる。

「恥ずかしい……！」

大嫌いなんて思ってもいないことを叫んでアルベルを困らせた。

心配してくれたコリンナや医師に顔も見せずに、無視し続けた。

朝になったら、みんなに謝らないといけない。

アルベルが誰を好きになっても、アルベルの自由だ。フェインの一番近くにいたのはアルベルだったけれど、アルベルの一番近くにいたのはフェインじゃない。

寝台の上で膝を抱えて、また流れそうになった涙をぎゅっと堪《こら》える。

「僕より素敵な人はたくさんいる……」

病気のせいで、人より教育は遅れた。剣もまともに握ったことはない。ダンスだって、上手《うま》くない。小柄なことだって、可愛いとは言われても褒められたことではない。

この耳だって、余計なことを拾ってくるだけで誰かの役に立つわけじゃ……。

『第二皇子はひとりか？』

誰かの役に立つわけじゃない、と思ったとたんに拾ってきた声にフェインはびくりと身を震わせた。

その声は地を這《は》うような低い声で……。フェインが聞いたことのないほど、感情のない冷たいものだった。

『ああ。今回の薬は服用してから効き目が現れるまでに時間もかかる。毒見役が死ぬころには、もう第二皇子の口の中に入っている。症状が現れて毒の種類が判明するころには手遅れだ』

第二皇子？

毒見役が死ぬって……？

その穏やかでない内容を聞き取り、フェインの手が小さく震える。

もっと声を聴こうと耳を澄ませば、はっきりと位置関係がわかってきた。

本殿の中央付近。北側よりの……ルワーン帝国の使節団が滞在している場所の近くだ。

『こちらから見れば、アズクールの警備など子供だましのようなものだ』

『では……』

『ああ。寝室の、水差しに』

フェインはぞっとして、自分がさきほど飲んだ水差しを見つめる。

この水差しの水を何の疑いもなく口にしたばかりだ。そこに何か入っていたとしたら、フェインはもう生きていないかもしれない。

帝国の第二皇子がアズクール王国で毒殺されたなんてことになれば大騒動だ。それより前に、誰かが死ぬところなんて想像したくもない。

考えるより先に体が動いた。

勢いよく毛布を跳ね上げて、走り出す。

靴は脱いだままだったけれど、気にせずに窓から飛び出した。扉から出ると、コリンナに止められるに決まっているし、なにより窓から出た方が使節団の滞在している部屋に近い。

フェインは立ち止まらずに走り出した。


早く、早くと気ばかりが焦る。

きっとまだ舞踏会は終わっていない。だから、水差しには誰も手を触れていない。

そればかりを祈りながらただ、足を動かす。

靴下だけの足に、小石があたる。服に引っかかる小枝もある。それでも、ただ早く知らせなければという思いだけで駆けていく。

使節団が使う部屋の明かりが目に入ったときはほっとした。

まだ、騒ぎは起きていない。

誰も、水差しに触れていないはず。

けれど、効き目が現れるまでに時間がかかると言っていた。油断はできない。

表に回っている時間はないと、庭から部屋の前に飛び出すとそこにいた警備の兵がぎょっとした顔をした。アズクール王国の兵ではない。ルワーン帝国の兵だ。

「水っ、水を飲まないでっ」

間違えた、と思った。

不審者と思われないためには、まず名乗りを上げるべきだった。

舞踏会に出たままの格好だし、名乗りさえすれば不審者だとは思われないはず……そこまで考えて、フェインは改めて自分の格好を思い出す。

装飾の類はアルベルが外している。

寝台で毛布を被《かぶ》って大泣きしていたせいで、顔だって腫れているはず。

髪も服も乱れている上に、道なき道を走ってきたせいでボロボロだ。おまけに靴を履いていなかった足には小さな傷ができたのかうっすら血も滲《にじ》んでいる。

いくら元は着飾っていたとはいえ、今のフェインは不審者丸出しの格好だ。

「あっ、あのっ、僕は怪しい者じゃなくてっ……！」

いや、怪しい。ものすごく怪しい。自分で言っていてそう思うのだから、警戒している兵に通じるはずがない。

案の定、兵は剣の柄《つか》に手をかける。

動いたら、切られてしまうかもしれない。

絶望的な状況に声も出なくて、地面に座り込みそうになったときだった。

「なんの騒ぎだ？」

室内から声が聞こえた。

それはどこかで聞いたことのある声で……。

「ザザ！」

見知った顔が現れて、フェインはほっと息を吐く。ザザならばこちらの話を聞いてくれるかもしれない。

護衛の騎士とはいえ、立ち居振る舞いを見ていてもザザはきっとそれなりの地位がある人物のはずだ。

「殿下？」

ザザの目が、フェインの姿を捉えて驚きに見開かれる。

それと同時に剣の柄に手をかけている兵に、片手をあげて引かせた。

よかった……。これで不審者だと切られる心配はなくなったと、安心して体の力が抜ける。

「どうしてここに……。それより、その姿は？」

ぺたりと地面に座り込んだフェインにザザが慌てて駆け寄ってくる。

「あのっ、それより第二皇子殿下の寝室に……」

助け起こそうとする手を摑《つか》んで、声をあげた。ザザは器用に片方の眉をあげる。

「誘惑か？」

「違いますっ！」

確かに……っ、確かに第二皇子の寝室になんて叫べばそんなふうに思われても仕方ないかもしれないけれど。けれど、そもそも誘惑じゃなくて告白だし……っ。

色々言いたいけれど、今、いちばん優先させなければいけないことを思い出して、大きく息を吸う。

「あのっ、信じてもらえないかもしれませんが、声が聞こえてっ」

「声？」

これ、と説明する間も惜しくてうさぎの耳を動かして見せるとザザはハッと息をのんだ。

「獣人の特性か……？」

何度も頷いて、大きく息を吸う。

「第二皇子殿下の寝室の水差しに毒を入れたのだと話す声を聞きました。誰も……っ、誰も飲んでいませんよねっ？」

確認というよりは祈るような気持ちで聞く。

「効き目が遅い毒だそうです。誰も飲んでないと言ってください！」

その声を聞いて、兵がばたばたと室内に駆け込んでいく。

毒見がいつ行われるものなのかは知らない。アズクール王国だと、形式的なものになっているから運ばれる前に済ませてしまっていることが多いけれど、ルワーン帝国ならば飲む直前に行うことが多いはずだ。どうか、そうであってほしいと願う。

「誰も飲んでおりません」

やがて室内から報告の声が聞こえて、すうっと体の力が抜ける。

「良かっ……。良かった」

安心すると同時にポロポロと涙が零れてきた。

今日は泣いてばかりだ。

「……それを伝えるために？」

「だって、少しでも遅くなると誰か……っ、死んじゃうかもって……っ」

「殿下ご自身が走らなくても、誰か人を送ればよかったのではないか？」

「知らないっ。だって、体が勝手に動いちゃ……って」

泣き顔のまま、へらりと笑うと温かいものが体を包み込んだ。

ザザがフェインを抱きしめている。しかし、今はその温もりが嬉しい。もしかしたらザザだって毒を飲む可能性はあったのだ。

「誰も死ななくて良かったぁ」

ザザの体にしがみついて、フェインは再び安堵《あんど》の涙を流した。


「寝室の水差しはこれだ」

ザザが持ってきたのは、ガラスでできたシンプルな形の水差しだった。

あの後、ザザに抱えられて部屋に入った。情けないことに、足の裏が痛くて一歩も歩けなかったからだ。

部屋の中央に置かれたソファに座って、フェインはザザが持ってきた水差しをじっと見つめる。色におかしなところはなくて、見ために変わったところはない。

部屋にはザザと数名の騎士、それから舞踏会を早めに切り上げてきた貴族らしき人も何人かいる。

よく見ればザザの格好は他の騎士たちとは違っていた。態度も大きいし、やっぱりザザはただの騎士ではなく、それなりの地位についているのだろう。

フェインはそっと手を伸ばして水差しの中の匂いを嗅いでみた。

「特に匂いもなさそうだが……」

「これです！」

先に匂いを嗅いでいたらしいザザの言葉を遮って、フェインは声をあげる。匂いは強くなかった。けれど、ほんの微《かす》かに甘い香りがする。それはただの水にはない香りだ。

「少し、甘い香りがします」

「本当ですか？　失礼します」

部屋にいた他の騎士が鼻を近づけてみるが……何も匂いを感じられないようで、ゆっくり首を横に振る。

「ここまで香りのないものだと、確かに飲んでしまいそうだ。無臭で遅効性の毒に心当たりはあるか?」

「そもそも、本当に毒なんて入っているのですかね?」

ひとりの貴族の男が疑わし気に眉を寄せた。

突然現れたフェインが水差しに毒が入っていると騒いでいる……。信じられないのも無理はないと思う。

けれど、これはフェインの言葉を信じられるかそうでないかということではないのだ。

「もしこれが杞憂《きゆう》であればそれに越したことはない。その水がただの水であってくれれば、僕が笑われるだけで済む話です」

一国の王子が笑われるとなれば、それだけとは言い難いかもしれない。だが、笑われるのがフェインならば大きな損失にはならないはずだ。

それに……。間違いであれば、それがいいに決まっている。

この水差しには毒なんてなくて、誰も害意を持っていないのであればそれがいい。

「大げさに騒ぎすぎだろう」

貴族の男がぽつりと呟いた言葉がフェインの耳に届く。

その言葉に、カッとした。

思わず立ち上がり、男に詰め寄る。

「人の命がかかっています。なにものにも代えられません」

万が一。それよりももっと少ない可能性でも、もしかしてがあるなら動くべきだ。

「わ……、私は何も……っ」

自分の小さな呟きが聴こえるとは思っていなかったようだ。

声……。それから、匂い。

こんなふうに、誰かの役に立つ能力だとは思っていなかった。いや、違う。正確にはフェインが誰かの役に立てるなんて思っていなかった。

もしかしたら、もう少し力になれるかもしれない。

ふわりと鼻腔《びこう》を擽《くすぐ》る甘い匂い……。さっき、水差しの水の匂いを思い浮かべてフェインはきょろきょろと部屋を見渡す。

「殿下?」

ふらりと足が動いた。

フェインが向かう方向にいた人物が驚いたように肩を揺らす。

「殿下!」

その人を指さそうと伸ばしかけた手をザザに掴まれる。

「大丈夫だ。これはルワーン帝国の問題だ。殿下が責を負うことではない」

「僕……、匂いが……」

そこに立つ人物は貴族のひとりだ。かすかに、水差しの水と同じ匂いがした。だが、確かにこれは実行犯を捕まえて終わるような単純な犯罪じゃない。泳がせていたほうが、うまく背後関係を見つけられることもあるし、犯人とだって取引をしなければいけないような状況もありうる。

まったく無関係なフェインが犯人を指さして終わりを迎えることは最善ではない。

「ごめんなさい。僕、また考えないで……」

「大丈夫だ。とにかく、座って休んでくれ。足が痛そうで見ていられない」

「足……」

うつむいた視線に映った足はボロボロだ。地面を走ったときについた傷がたくさんの足。それを思い出したとたん、一気に痛みが襲ってくる。

「痛い……」

言葉と同時にぽろりと目から涙が溢《あふ》れて……。慌てて手で拭う。

「医師はまだかっ！」

ザザが上げた大きな声に驚いて、ぺたんとその場に座り込んでしまう。張りつめていた糸が一気に切れてしまったようだ。

「で……、殿下っ。大丈夫か？」

慌てたザザがしゃがみ込んで様子を窺ってくれる。

大丈夫かと言われれば、大丈夫じゃない。足が痛くて涙を流すなんて……恥ずかしくて消えてしまいたい。

お茶の入ったカップを両手で持って、フェインは小さく答えた。

あの後、呼ばれた医師がすぐにやってきて治療が施され……、今は温かいお茶を淹《い》れてもらって一息ついた。アズクール王国側にも事の詳細を報《しら》せてくれたようなので直《す》ぐに誰かが迎えに来るはずだ。

「落ち着いたか？」

「はい……」

ひとまず、関係者に事情を聞くと言って年配の騎士が部屋にいたほとんどの人を連れて行ってしまった。今は、この部屋にザザとフェイン、それから護衛の騎士が一名いるだけだ。

「まったく無茶をするものだ。恨みを買えば、殿下にも危険があるかもしれないものを」

そう言われて、今さらその可能性に気がついたフェインは体をびくりと跳ねさせる。

確かに、そうなっても不思議じゃない。けれど、できるだけ早く報せなければと体が勝手に動いた。

「何事もなくてよかったでしょう？」

「ある」

「へ?」

誰も毒を飲んでいないし、フェインが単独で伝えにきたために大きな騒ぎにもなっていない。犯人は特定しなかったけれど、フェインがその人物の方を向いたことで揺さぶりにはなっているはずだ。あとは駆け引きの上手な文官に任せていればうまく収まるだろう。

「殿下が傷を負った」

真剣な声にフェインは戸惑う。

「え、でもこれは自分で……」

誰かに傷つけられたわけじゃない。自分で勝手に怪我《けが》しただけだし、それにしたって靴さえ履いていれば避けられた傷だ。

「自己評価が低いな。殿下は皆に大切にされている。殿下が傷つくことを周囲の人間は良しとしないだろう」

うろうろと視線が泳いでしまったのは、心当たりがあったからだ。確かにフェインが怪我をしたとなれば兄さまたちはもちろん、アルベルやコリンナだって黙っていない。

「それは……。でも、それは僕が病弱だったせいで、みんな過保護になっているだけで」

大切にしてもらっているのは十分に理解している。けれど、フェインだってもうすぐ成人を迎えるのだ。自分で考えて行動することに関して、誰かに助けてもらおうだなんて思っていない。

「私も殿下が怪我することを良しとしない」

まっすぐ見つめられてどきりとする。ザザなりに心配してくれているらしい。

「あ、りがとう?」

御礼を言うのも違うかなと思いつつ、フェインが言うとザザはふっと笑った。

「それで、殿下は愛《いと》しい人に告白することはできたのか?」

「何がそれで? それでって、全然繋《つな》がってないよね?」

「元気だな」

すぐに食いついたフェインに、ザザは肩を揺らして笑う。からかわれているのだと気づいて、フェインはむうと眉を寄せた。

「告白が上手くいかなかったときは……。私が言った言葉を覚えているか?」

すっと伸びてきた手が、フェインからカップを奪っていく。

それがかちりと小さな音を立ててソーサーに戻されるのを見ながらフェインはザザとの会話を思い出した。

『もし告白が上手くいかなかったときは、私が殿下をもらってやろう』

「え?」

「からかったつもりも、冗談を言ったつもりもない。覚えておけ」

からかってもいいない?

冗談でもない？

ゆっくりと頭の中でその言葉を繰り返す。

私が殿下を……つまりは、ザザがフェインを？

「それって……」

どういうことだと、聞き返すその前に急に扉の向こうが騒がしくなった。

どうやら複数の人間がこちらを訪ねてきたらしい。

「お迎えがきたようだ」

ザザの言葉通り、テムル兄さまとアルベルの来訪が告げられてすぐにふたりが部屋になだれ込んできた。


「これは一体、どういうことですか？」

テムル兄さまが開口一番にザザに向かって言った言葉は、まるで責め立てるかのようなものだった。後ろに控えるアルベルの雰囲気もすぐにでも飛びつきそうなほど剣呑《けんのん》なものだ。

「どういうこともなにも。殿下が私達の危機を察して駆けつけて来てくださった。それだけだ」

肩を竦《すく》めて立ち上がるザザはアズクール王国の王子を目の前にしても堂々たるものだ。でも今は、そんなに堂々としていなくてもいいと思う。

「フェインは自室で休んでいたはずだ。どうしてこういうことに？」

その間にアルベルがフェインのそばに駆け寄ってきてくれた。手当てを施された足を見て、顔を顰《しか》める。

「フェイン様」

人がいるせいか、フィとは呼んでくれない。それでも心配してくれたことが嬉しくて、フェインは微笑《ほほえ》んだ。

「他に傷は？」

「ないよ。足も、僕が勝手に急いじゃったからで……」

ザザは何も悪くない。むしろ手当てをしてくれて感謝すべき相手だ。

「戻りましょう」

フェインが何か言う前に、アルベルがフェインを抱えあげてしまう。嬉しいことには違いないが、失恋を確信して大泣きした後では居心地が悪かった。

「私が運ぼうか？」

それに気づいたのか……、ザザがこちらに向けて手を差し出してくる。

今はアルベルより、ザザに身を任せた方が気が楽かもしれない。思わず視線が動いてしまったのを見てザザが得意げに唇の端をあげた。

「こちらへ」

さらに距離を詰めようとするザザから、アルベルがすうっと離れていく。

「お手を煩わせるわけに参りません」

言葉遣いは丁寧でも、明確な拒絶だ。

アルベルがここまで否定する手段をフェインが選ぶわけにはいかない。

「ありがとう、ザザ。気持ちだけいただいておくよ」

さらりと断ったつもりだったのに、その瞬間に部屋の中の空気がざわりと動いた気がした。

その理由がわからなくて周囲を見渡すと、厳しい顔をしたテムル兄さまと目が合った。

「フェイン」

穏やかなテムル兄さまがこんな顔をすることは滅多になくて、何か大きな間違いをしてしまったかとフェインは不安になる。

「いつからザイド殿下を愛称で呼ぶほど、仲良くなったのだ？」

ザイド殿下。

その名前はフェインの記憶が確かならば、ルワーン帝国の第二皇子の名前のはずだ。

「愛称？」

そのザイド殿下を愛称で呼んだ？

まったく心当たりがない。そもそも、会ったこともない相手を突然愛称で呼ぶ理由もない。

「愛称で呼び、危機に裸足で駆けつける。物語の中の恋人のようだな」

「ザザ？」

「すまない。騙《だま》していたつもりはないが、私の名は正式にはザイド・ルワーンという。ルワーン帝国の第二皇子だ」

　ぱか、と思わず口が開いた。

　そのまま閉じなくなってしまった口をなんとか手で隠すが、驚きは隠せない。

「ザ……ザザ、じゃない。ザイド殿下？」

「いや、ザザでかまわない」

　悪びれずに片目を閉じて見せるザザ……ザイド殿下に、かける言葉が見つからない。

　ましてザザと呼びかけるなんて、できるはずがない。ザザが本来の名前だと思っていたからそう呼んでいただけで、愛称で呼ぶなんて……家族や、よほど親しい間柄だけだ。

「だ……だってっ！」

　第二皇子だなんて聞いてない。そう言おうとして、フェインは本人の口からきちんとした紹介を受けていなかったことに気づく。

　誰かの護衛かと聞いたときにも、否定しなかっただけだ。肯定はされていない。

　思えば、フェインが王子だと知っていても態度は大きくて……。それに、帝国の貴族相手に怒鳴ったりして……。そこでもっと不思議に思わなきゃいけなかったのに。

「ええっ、でも……っ」

『もし告白が上手くいかなかったときは、私が殿下をもらってやろう』

ザザだったときのザイド殿下がフェインに言った言葉を思い出して、真っ青になる。

それは身分を知らなければ、ただ慰めているだけの言葉だった。

けれど、今ではザイド殿下がそういうことを冗談で言っていい立場でないことがはっきりとわかる。

「フェイン様？」

アルベルの声が遠くに聞こえた。

ザイド殿下には、できる。

ザイド殿下がフェインを欲しいのだと言えば……結婚の話は急激に進んで行ってしまうかもしれない。

そう思うと急に怖くなって、フェインはアルベルにぎゅっとしがみつく。

本当は、助けてと言いたい。

アルベルが好きだから、他の人は嫌だと。

けれど、アルベルに好きな人がいることを知った今では、それも言えなくて、ただ手に力を込める。

「フェイン様はお疲れのようですので、これで」

アルベルが抱きしめ返すように抱き上げる力を強くしてくれる。

それだけが、ただ救いだった。


翌朝の目覚めは最悪だった。

何度も泣いた顔は腫れあがっているし、色々と考えすぎたせいで頭が痛い。

もう一度眠ってしまいたくて毛布を手繰り寄せるけれど、何かがひっかかって上手くいかない。

何がひっかかっているのだろうと、フェインはそうっと目を開ける。

「おはようございます、フィ」

その声にフェインは叫び声をあげそうになった。

笑顔でこちらを覗き込んでいたのはアルベル。

そう、大好きなアルベルだ。フェインは昨夜、さんざん泣いて怪我もして、疲れに身を任せるままに眠りについた。当然、目元を冷やしたりもしていないし、お風呂にも入っていない。

その酷《ひど》い寝起き顔をアルベルに見られてしまったのである。

「あああああアルベルっ？」

思わず、声が裏返る。

「元気そうで安心しました。熱もなさそうですね」

きっと目元は腫れあがっている。

寝ぐせもついている。

ひょっとしたらうさぎの耳が変な方向に曲がっているかもしれない。

色々なことを考えて、フェインは毛布を頭から被ることにした。しかし、その前にアルベルに毛布の端を摑まれてしまう。思えば、さっき毛布を手繰りよせることができなかったのもアルベルのせいかもしれない。ぎゅうぎゅうとしばらく綱引きのようなことを繰り返したが、これではどうにもならないと諦めたのはフェインだった。

「あの、いつから……？」

「はい。ずっと」

ずっと？

「ずっとって昨夜から……？」

まさかと思って尋ねると、アルベルはなんでもないことのように頷いた。

「フィがいつ熱を出すかわかりませんし、昨夜は泣いていたでしょう？　心配で仕方なかったのです」

フェインがしょっちゅう熱を出していたのはもう何年も前の話だ。今は体もずいぶん元気になって、ちょっとのことで熱は出ない。

しかし、確かに昨夜はそのちょっとを超えていたかもしれない。

アルベルとのことで泣き疲れてそのまま寝てしまっていれば、なんてことはなかった。だが、靴もないのに窓から飛び出して全力疾走し、怪我を負い、再び大泣きした。心配するのも無理はない。

「足を見せてくれませんか？」

アルベルはきっとフェインの怪我の具合を見たいのだ。そうわかっていても、足……しかも足の裏なんて見せたくなくてふるふると首を横に振る。

「困りましたね。陛下からお呼びがかかっています。怪我の具合を確認したかったのですが、それがわからないのでは、また私が抱えていくしかありませんね」

ぴくりとフェインのうさぎの耳が跳ねた。

アルベルが抱える……やったあと喜べる小さいころだったらどれほどよかっただろう。けれど、いくら嬉しくても、その状態で父さまに謁見などできるはずはない。

ゆっくり首を横に振る。それだけで精一杯だ。

「フィ。変わったことはありませんでしたか？」

変わったこと……？　そう言われて約束していたことを思い出す。アルベルには変わったことがあれば一番に報告すると約束していた。昨夜のことで言うなら、音と同じように匂いがわかるようになったことだろうか。

「あの……、僕……」

そう言いかけた言葉がふと途切れる。

アルベルの優しさをこのまま受け取ってしまっていいのだろうか。

「フィ？」

一度そう思ってしまうと、言葉が繋げなかった。

アルベルは変わらずに優しい。フェインの様子を心配して、付き添ってくれて、甘やかしてくれて……。でも、他に好きな人がいるのだ。

「アルベルは……っ」

好きな人にも、こんなに優しくするの？

そう聞きたかったけれど言葉にはならなかった。

きっとそうなのだろう、と思ってしまった。アルベルの一番大切にしたい人はフェインではないのに、アルベルの時間をこんなふうにフェインが使っていていいはずない。

「フィ、どうかしましたか？」

その言葉に、フェインは首を横に振ることしかできない。

「そんなに足を見せるのが嫌ですか？」

「い……っ、嫌だけど……っ」

そのせいにしてしまおう。足を出すのが嫌だから、フェインは泣きそうになっているのだ。

「嫌だけど、いいよ」

こんな顔を見られるよりは足を見せてしまった方がいい。

シーツをめくってそうっと差し出された足の裏をアルベルが覗き込む。

長い指が、丁寧に包帯を解《ほど》いていく。

昨日は靴下に血がついていたけれど、傷自体はそれほど深いものではなかったようで解いていく包帯に血はついていないように見えた。

「どこか痛みますか？」

アルベルにそう聞かれて、フェインは首を横に振る。

歩くとまた違うのかもしれないけれど、横になっているこの状態で痛む場所はなかった。

「傷はほとんど塞がっています。ルワーン帝国の薬がよく効いた可能性もありますが……。フィ。これもひょっとしたら獣人の特性かもしれません」

「え？」

「考えてみてください。いくら体が健康になったとはいえ、夜中にあんなふうに走って、怪我をして……。今までだったら、熱が出ていました」

健康になった体には、けれどまだ体力はそれほどない。一晩ぐっすり眠ったとはいえ、こんなに元気でいられることは確かに不思議な出来事だった。

「獣人は体力面でも優れています。治癒能力も高い場合が多い」

「じ、じゃあっ、僕っ！」

体がもっと丈夫だったら。

そう思ったことは何度もある。

兄さまたちと同じように剣を握りたいとか、知らない場所まで馬を駆けさせたいとか。

騎士が着る鎧《よろい》だってつけてみたい。コリンナやセイラが持てないような重たい荷物を運んで、
ああ……騎士見習い達に混ざって訓練もできるかも。

一瞬で頭の中にやりたいことが溢れてくる。

今まで、健康でなくとも幸せなのだと思っていた。

けれど幸せというものはもっともっと上がある。それがたくさん降り注いできた気がして、
涙が溢れそうになる。

「アルベルっ、僕ねっ……僕っ……」

言葉が途切れた。

それは急に温かいものに包まれたからだ。

アルベルがフェインの体を抱きしめていた。

広い胸に頭を押しつけられて、フェインは目をぱちぱちさせる。

「良かった……。ほんとうに」

頭のすぐ上で聞こえた声は少し掠れていた。それは涙を堪えているかのような声で……フェ

インは心まで抱きしめられたような気分になる。

同時にふと決心がついた。

アルベルに告白するのは諦めよう、と。

アルベルはこんなにフェインのことを大切に思ってくれている。好きな人ができたからとフェインに関わらなくなることはできるのに、そうはしなかった。今でもフィと呼んでくれて……、フェインが丈夫になったことをこんなに喜んでくれる。

そのアルベルの幸せを願えないなんて、嫌だ。アルベルにだって幸せになって欲しい。ただまっすぐにそう思ったのだ。

「アルベル」

名前を呼んで、アルベルの背中に手を回す。

今だけ……今だけだ。これで最後だから。

誰かもわからないアルベルの好きな人に心の中で謝りながら、フェインはぎゅっとアルベルの背中を掴んだ。


父さまの執務室の前まで来て、来訪を告げると大きな扉がゆっくりと開かれた。

正面には大きめのソファとテーブル。奥にある黒い執務机には書類が積み上げられていて、いつもならそこには難しい顔をした父さまがいるはずだった。

しかし、今日は違っていた。父さまはソファに腰を下ろしている。

難しい顔は相変わらずだが、正面のソファに腰を下ろすように促されてフェインはそっと従った。

フェインが座るのを見届けて侍女がお茶の準備を始める。

いつもなら事務的に要件を伝えるだけの父がフェインをそうしてもてなすのは……フェインの記憶の中にはないことだった。

昨日の夜のことを聞かれるのだろうと思っていたけれど、違うのかもしれない。

目の前に置かれるお茶を見つめて、フェインは居住まいを正す。

もし昨日の夜のことでなければ、もしかしたらと思う。

ザザ……ザイド殿下は、はっきりとフェインに求婚した。わざわざ冗談ではないと念をおしたくらいだ。その話を正式にアズクール王国に対して申し込んでいたとしても不思議じゃない。

お茶を用意すると侍女たちが部屋を出ていき、フェインは父さまとふたりきりになった。

何を言われるのだろうと緊張するフェインに対して、父さまは大きく息を吐く。

「あの……」

フェインをじっと見つめる視線は居心地の悪いものではなかった。少しだけ目尻がさがっているせいかもしれない。そういう表情も珍しい。

「フェイン」

「はい？」

少し首を傾げたのは、声が違ったからだ。

父さまの声は低くて、どこか緊張を含んだものだった。けれども今日は小鳥にでも呼びかけるように軽やかだ。

「獣人の特性が現れて、不便なことはないか？」

「えっ……。えっと、ぎゅっとすると痛いです」

「痛むのか？」

「いいえ、ぎゅっとするとです。普段は痛くありません」

そうか、と安心したような顔になる父さまにフェインはまた首を傾げる。

フェインの記憶の中で父さまがフェインの心配をしていたことはなかった。

小さいころフェインが熱を出しても見舞いにきたことはないし、父さまに会いたくてそっと執務室を覗きにきても、早く戻れと怒られる。

兄さまたちは父さまから直接剣の指導を受け、政務を教わったのに……フェインには何もなかった。きっと体の弱いフェインには教えがいもなくて、つまらなかったのだろうと思う。

「昨夜は随分無茶をしたようだが」

「え……っと、あの……。ごめんなさい。夢中で走っただけです」

いくら自分の暮らしている城の中とはいえ、他国の皇子が招かれている部屋に駆け込んだのだ。思い返してみると問題だらけの行動のように思えて、背中に冷たい汗が流れる。

「責めているのではない。むしろ、大事になるところをよくぞ防いだ」

「え？」

父さまの言葉にどくんと大きく心臓が跳ねた。

「ここでルワーン帝国の第二皇子に何かあれば外交問題に発展していただろう。よくやった、フェイン」

その言葉をかみしめて……フェインの顔がへにゃりと崩れる。

父さまが、褒めてくれた。

ただそれだけのことなのに、自分が認められたような気がして体の奥が熱くなる。

「ただ、方法は良くない。お前に危険が及ぶ可能性も十分にあった。もし、ルワーン帝国の皇子を守るために、アズクール王国の第三王子の身に危険が及べば……それもまた、大きな問題となるところだった」

「はい……。すみません」

父さまの言うことはそのとおりで、軽率な行動をしたことが恥ずかしくなって、うさぎの耳が元気なく横に垂れる。

「いや、過ぎたことだ。何事もなくて良しとせねばな」

今日はやけに父さまの声を優しく感じる。フェインがザイド殿下を助けることができたからだろうか？　父さまの役に立ったから、機嫌がいいのだろうか？

「お前を呼んだのはザイド殿下から内々に結婚の申し込みがあったからだ」

「………結婚？」

顔を上げると、にこりと笑う父さまと目が合った。

「帝国の皇子妃だ。私の見る限り、ザイド殿下は帝位に最も近い。将来は皇妃となるかもしれない立場だ」

『私が殿下をもらってやろう』

その言葉をはっきりと思い出して、フェインはさっと青ざめる。

「フェイン？」

「あの、えっと……」

「すぐには心も定まらないだろう。ゆっくり考えなさい」

考えたところで、フェインに決定権はあるのだろうか？

ルワーン帝国は、大陸で二番目に大きな国だ。地理的な条件から今まで攻め込んでくることはなかったけれど、もしフェインが断れば……。

その先を想像して、ごくりと唾を飲み込む。

「フェイン」

父さまに声をかけられて、ハッとする。

「難しく考える必要はない。私も王妃もお前を政治に利用する気はない」

「え、でも……」

「フェイン。お前はもう一生分の苦労は終えている。病に打ち勝ったことだけで十分だ。お前の未来には、もう苦労も争いもいらないと思っている。好きに決めていい」

そんな言葉をかけられるとは思ってもみなくて、フェインは何度も目をぱちぱちとさせる。

そしてどこか納得した。

兄さまたちも、父さまも母さまも、フェインが丈夫になったことを認めていないわけではない。けれど、病に打ち勝ったその後は自由にさせてやりたいと……それで最大限に甘やかしてくる。

今もそうだ。

フェインに任せるだなんて。

ルワーン帝国との結婚は、重臣たちも交えて話し合った上で利が勝るとなればフェインが泣こうが喚《わめ》こうが決めてしまえばいいことだ。

それなのに、一切の議論をなげうってフェインの好きにさせようだなんて。

「ぼ……っ、僕だってアズクール王家の一員です。責任があるなら果たします」

「無理はするな。お前は昔から少し体がよくなると城中を歩きまわって……。早く部屋に戻れと何度叱っても、懲りもせずに」

「それは……」

父さまの執務室を覗いたときに早く戻れと怒られていたことを思い出した。

ずっと仕事の邪魔になるからだと思っていたのに、今の言い方ではまるでフェインを心配していたかのように聞こえる。

「とっ、父さまは僕が邪魔で早く帰れと言っていたのではないのですか？」

思いきって聞いてみると、父さまは大きく目を見開いた。

「違う！」

大きな声に空気がびりびりした気がして、フェインはびくりと体を竦める。

「お前はすぐに熱を出す。部屋でおとなしくしているのがいいに決まっている。それに……、執務中は今のように大きな声で誰かを叱咤《しった》することもある。お前にそんなものを見せたくはなかったからな」

少しもフェインに視線を向けることなく言い切った父さまに、フェインは両手で顔を覆った。

父さまは厳しい人だ。

いつも難しい顔をしている父さまはフェインにとって少し怖い存在でもあった。

それを十分に感じていたのだろう。けれど自身の怖い顔を見せないために怒鳴るなんて、不器用にもほどがある。

ごほんと一度咳払《せきばら》いした父さまはゆっくりとお茶の入ったカップを手にした。どうやら、フェインに説明したことが照れ臭いらしい。

「父さま、僕……昨夜、足に怪我をしました」

「ああ。聞いている。もう大丈夫なのか？」

「はい。今朝にはすっかりよくなっていました。いつもより体調がいいくらいです」

姿勢を正してそう言うと、父さまの顔が少しほころんだ。

やはり自分は幸せだと思う。

嫌っているかもしれないと感じていた父さまも、こうして心配してくれている。

「アルベルが、言っていました。獣人の特性に、身体能力や治癒力が優れていることがあると。僕が、それを手に入れたのではないかって」

かちゃん、とカップを置く音がした。

正面を見ると、父さまが両手を組んでそれを額に押し当てていた。

小さく何かを呟いていて……耳を澄ませると、それが神に対する祈りだとわかった。

感謝いたします、と何度も告げる父さまを目にしてぎゅうっと心が締めつけられる。

「……フェイン」

どれくらいの間、そうしていたのだろう。顔を上げた父さまは、はっきりと言った。

「王家の責任は私とテムルで十分に果たしているつもりだ。結婚の話があることをお前に告げたのは、ザイド殿下が……。彼が、真摯《しんし》にお前を欲しいと望んだからだ。受けとるのも、断るのもお前の心で決めていい」

「でも……」

「お前の父は、けっこう優秀な権力者だ。お前は我儘《わがまま》に自分の未来を決めていい。今回の話も、お前の未来に帝国の皇妃となるかもしれないという項目がひとつ増えただけだ」

帝国の皇妃となるかもしれないだけ？

ものすごいことを、なんでもないことのように言ってしまう父さまに呆《あき》れて……けれどなぜか嬉しくなって顔がほころぶ。

「国内に想う相手がいれば、コレだと指させばいい。そうすれば明日からその男はお前の夫となるだろう。フェイン、お前はいい子でいすぎる。もっと我儘になりなさい」

その言葉に驚いた。

コレだと指させば、明日から夫だなんて……。真っ先にアルベルの顔を思い浮かべてしまったフェインは、必死に首を横に振る。

「いやです。僕は好きな人に好きだと言われて、結婚したい」

だから、相手はアルベルではダメなのだ。

アルベルは、フェインを好きだと言ってくれない。

「フェイン？　お前、想う相手が……？」

父さまから聞かれて、また首を横に振る。

フェインはアルベルを好きでいては、いけない。

フェインの好きな人がアルベルだと父さまに言ってしまえば、アルベルは好きな人と結婚できなくなってしまうかもしれない。アルベルにはそんな思いをしてほしくない。

「いませんっ。好きな相手なんて、いません」

まるで自分に言い聞かせるように叫ぶ。本当にこのままフェインの中からアルベルが消えてしまえばいいと思って……でも、やっぱりそれは嫌だと心が悲鳴をあげる。

「僕は、誰も好きじゃない」

作ろうとした笑顔は上手くいかずに、変に眉が下がったままだった。


とぼとぼと自分の宮殿までの道を歩きながらフェインは大きなため息をついた。

本殿に近いこの道は他の宮殿に向かうときにも通る道だ。石畳で綺麗《きれい》に舗装されている。場所によって産地の違う石が使われて、複雑な模様が刻まれたこの道は……けれど、小さいころには馬車の上からしか眺めたことがなかった。

やっと徒歩で行き来することを許されたその日は、とても嬉しくて茶色の石だけを選んで通った。たったそれだけのことにはしゃいでいたことがすごく遠い昔のようだ。

うさぎの耳が生えたこと。アルベルに好きな人がいたこと。毒殺未遂。ザイド殿下からの求婚。

これがほんの数日の間に起こった出来事だなんて信じられない。いつもなら、本殿にくるとテムル兄さまの執務室に寄ったり、レペ兄さまの訓練場に寄ったりするけれど今日はそんな気も起きなかった。

「フェイン様」

数歩離れて歩いている近衛《このえ》騎士のスキュアに声をかけられて、ふと前を見るとちょうどこちらへ向けて歩いてくる人影が目に入った。

「ザ……ザイド殿下」

最初に気安く話してしまったせいか、どうしてもザザと呼びそうになってしまう。

今日も黒い衣装に身を包んだザイド殿下は、フェインに気がついて軽く右手を掲げた。

「殿下、こうして会えるとは」

大げさに腕を広げて近づいてくるから、思わずスキュアの後ろに隠れてしまう。顔を合わせただけで抱擁だなんて、アルベルとだってしたことがない。帝国の文化は知らないけれど、ザイド殿下だって普段はそんなことしないはずだ。

スキュアの外套《がいとう》の陰から顔を覗かせると、ザイド殿下は肩を揺らして笑っていた。

「そう警戒しなくてもいい。ああ、そうだ。殿下に報告があった。昨夜の件は無事に片づけた。

細かなことは帰国してからになるだろう。どうも身内の手の者が紛れ込んでいたようだ。心配をかけたな」

「……っ」

昨夜の件、といえば毒が盛られていたことのはずだ。それをこんな往来で話題に出すことに驚いてスキュアの後ろから出ると、ザイド殿下は面白そうに目を細めた。

「帝国では、生まれた順ではなく、優秀な者が帝位を得る。我が兄はココが少し足りない。その差を埋めようと、よくこういった馬鹿々々しいことをしかけてくる」

おどけたように頭を指さすザイド殿下をフェインは呆然《ぼうぜん》と見上げた。

兄……？

お兄さんが、ザイド殿下に毒を盛った？

「ザ、ザイド殿下っ！」

気がつけば、体が勝手に動いていた。だって、もし兄さまたちがフェインを殺そうと毒を盛ったとしたら……。フェインは、その事実だけで倒れそうになる。

なんでもないことのように話しているけれど、ザイド殿下だって心が痛まないはずはない。

そう思ったら、体が勝手にザイド殿下に縋《すが》りついてしまっていた。

「なっ……何か、事情があるはずです。ザイド殿下のお兄さんだって、好きでそうしているわけじゃないと思います」

何か言わないと。

けれど、毒を盛ったことを正当化できるような慰めの言葉は思い浮かばずに、ただ必死にザイド殿下を見上げる。

「……おそらく、好きでしていることだ」

「違います！　だって家族でしょう？」

困ったように眉を下げたザイド殿下の顔が、一瞬驚いたように見えて……。それから、唇の端を少しだけ上げた。

「優しいな。そしてこの王国は、なんとも生ぬるい」

「ザイド殿下？」

「殿下は欲しいが……、殿下が帝国で生きていけるかどうか不安になってきた」

さらりと頭を撫《な》でられて、フェインはようやく自分がザイド殿下に縋りついていることを思い出す。すぐに身をひるがえそうとするけれど、それより早く背中に大きな手が回された。

それはまるで熱い抱擁を交わしているかのようで……。誰かに見られる前にと、ばたばた暴れるけれど、ザイド殿下の体はびくともしない。

「わっ……！」

それどころか、ふわりと体を抱えあげられて。

「まあ、私が守ればいいだけのことだが」

耳元で囁《ささや》かれる声に、びくりと体が震えた。守る、ということはフェインとの未来を考えているということだ。

「ザイド殿下は、どうして僕を？」

改めて聞くのは恥ずかしくもあったが、フェインとザイド殿下はまだ出会って日も浅い。言葉を交わしたのもこれで三度目だ。

もし、利害関係だと言うのなら……。

ザイド殿下にとって獣性を持つ伴侶が力になり、またアズクール王国の後ろ盾が有利になるということなら、逆にザイド殿下は結婚の打診なんてしなかったように思える。

そんなことは飛ばして、直接国同士の交渉材料として持ち出したほうが早いし、確実だ。

「殿下を眩《まぶ》しいと感じたからだな」

まっすぐな言葉に……、自分で聞いておきながらフェインは戸惑ってしまう。

「一度、そう思うと止まらなかった。可愛いと思い、頼もしいと思い、心が弾んだ。恐らく私は殿下に好意を持っている」

「そこは、恐らくなんですか？」

求婚までしておいて、好きだと言い切らないザイド殿下に目を丸くする。

「ああ。まだ、愛ではない。だが、いずれそうなるだろうという予感がした」

素直な人だと思う。

こんなにまっすぐに言葉を伝えてくれる人を、どうして好きになれないのだろう。

「ザイド殿下を好きになれたらよかったのに」

思わず口から出た言葉が……それではまるで好きになることはないと言っているようだった。

慌てて口を手で塞いでも、もう取り消せない。

「あたりまえだ」

動揺するフェインをゆっくりと降ろして、ザイド殿下はフェインの頭に手を乗せる。

「殿下を好きにならないどうしようもない男より、私を好きになったほうが幸せに決まっている」

わしゃわしゃとそのままかき回すように撫でられて、少しくらくらする。

けれどザイド殿下が笑いながらそう言ってくれたことで、フェインも笑うことができた。

今は辛《つら》いけれど、こうやって少しずつアルベルへの想いは変わっていくのかもしれない。笑うことができたなら、今度は前に進める。前に進めたら、アルベルとアルベルの好きな人が幸せになる姿を見ても祝福できるかもしれない。

そう思った瞬間に、ものすごい勢いで体が後ろに引っ張られた。

「え？」

背中を受け止めたのが、アルベルだと気づいてフェインは間抜けに声をあげた。

「気安く触れないでいただきたい。根も葉もない噂《うわさ》がたつと困ります」

アルベルがくるりと体を入れ替えて、フェインを背中に隠してしまう。

「根も葉もない？」

ザイド殿下が鼻で笑ったような気がする。アルベルの大きな背中に阻まれて、顔は見えないけれど。

「ええ。フェイン様はまだ成人も迎えてらっしゃいません。そういった事実無根の噂が広まれば困ります」

「どうかな。私とのことなら、根も葉もある話だ。今朝、陛下に結婚の打診をした」

「そういうことを軽々と口にしないでいただきたい。陛下は殿下に『本人の意思しだい』だと言われたようですが？」

「だから、口説いているところだ」

口説かれていたのか！

ザイド殿下の言葉に、どうりで恥ずかしいはずだとどこか納得してしまう。

「噂が広まれば、フェイン様の意思がおろそかにされます。それは陛下のお言葉を軽んじているのと同じことでしょう？」

「そうか。ならばおかしな噂が広まらぬよう、ふたりきりになれる場所でゆっくり話をしようか」

「そういうわけにはまいりません」

さっきから、アルベルの言葉にはずいぶん棘《とげ》があるような気がする。

いつもの優しいアルベルではない気がして、フェインはぎゅっとアルベルの服を掴《つか》んだ。

「それよりも、ルワーン帝国の方が探しておられましたよ。昨夜のことで色々と事後処理があるのではないですか？」

「いつものことだ。誰かが勝手にやるだろう」

「いつも……？　あんな騒ぎをいつものことだとおっしゃるような相手にフェイン様を託せるはずがありません」

ザイド殿下がどんな表情をしているのかが気になったけれど、フェインが顔を出そうとするたびにアルベルが動いてそれをさせてくれない。

「託す？　お前にそんな権限があるのか？」

すうっと空気が冷たくなった気がした。ザイド殿下のあんなに低い声を聞くのは初めてだったし……アルベルの体が固くなっている。

「まあ、いい。フェイン殿下は、成人まで結婚は決まらないだろう？」

「それが、何か？」

「それくらいの時間があれば、私も自分の立場を固めるくらいのことはできる。今までは急ぐ理由もなかったが……、そろそろ兄上にも大人しくしていただく時期だろう」

アルベルの後ろに隠れていても、ザイド殿下の気配が濃く感じられた。父さまが、帝位に近いのはザイド殿下だと言っていたけれど……。確かにそう思えるだけのものを持っているように思える。

「殿下。私はこんな男より、よほど殿下を大切にするぞ？」

こんな男？

まるで、フェインの好きな相手がアルベルだと知っているかのような言葉にどきりとする。

「あの……っ？」

「アズクール王国内では殿下の相手として十分な地位を築いているようだが、外交が絡んでくるとどうするつもりだ？ 私だけではない。他国にも適齢の王族はいる。殿下には次々に縁談が舞い込むだろう。お前はそのすべてをさばけるか？」

「殿下に心配していただくようなことではありません」

「私に決めておいた方がいい。アズクール王国は、歴史があっても小国に過ぎない。お前では力不足だ」

アルベルの動きがぴたりと止まり……フェインはそっとアルベルの背中から顔を覗《のぞ》かせた。

「次期宰相候補。聞こえはいいが、ただの候補だろう。対外的に見て今のお前は何者だ？ この場に私と対等に立っていることを許されるほどの立場か？」

見上げたザイド殿下は、面白そうに片方の眉をあげている。

「笑顔を張りつけただけの男かと思えば、そんな殺気だった顔もできるのか」

え?

殺気?

ザイド殿下の言葉にアルベルはいったいどんな顔をしているのだろうと思ったときだった。

「来い」

ザイド殿下が手のひらを上に向けて、くいっと手を動かした……瞬間。

「え?」

目の前にあった背中が、消える。アルベルがザイド殿下に向けて拳を振り上げているのが見えて……けれど同時にザイド殿下が体を沈めて、攻撃を避《よ》ける。

攻撃?

そう、攻撃だ。どうしてアルベルは、ザイド殿下に向かって攻撃をしかけている?

止めなきゃと思うけれど、アルベルの代わりにスキュアがフェインの前に立ち塞がって、ふたりに近づけない。

「……っ、文官じゃなかったのか?」

ぶうんっ、と拳が空を切る音が聞こえる。

「文官ですが?」

確かにアルベルは文官だけど、小さいころから兄さまたちと一緒に鍛錬を積んできている。攻撃をしかけている今も、少しも息が乱れた様子はない。

「文官の動きじゃないだろうっ！」

拳を弾《はじ》いたザイド殿下がアルベルの懐に飛び込もうとするけれど、それより早くアルベルが地面を蹴る。見ていられない、と目をぎゅっと閉じたときだった。

からん、と地面に金属製のものが落ちる音が聞こえた。

それと同時に争っていたはずのアルベルとザイド殿下がフェインを挟むように背中を向けて立つ。

ふたりの視線が向かうのは、近くの茂みにある木の上……？　スキュアがそちらに走って行っている。

「な……に……？」

そこから、どさりと大きなものが落ちる音がしてびくりと体を震わせると、アルベルの手がフェインの目を覆った。

「少し目を閉じていてください」

見えないけれど、フェインから離れていく足音はきっとザイド殿下のものだ。

「ですから、きちんと事後処理をと申しました」

さきほど拳を交わしていたとは思えない、冷静な声。

「すまないな。だが、他国の刺客《しかく》をやすやすと王城に入れるこちらの警備にも問題があるだろう」

刺客？

今、もしかしてそういう人に狙われていた？

だとすれば、木の上から落ちたのは……。

「使節団の中に刺客がいることは想定しておりませんので」

「だからこの国は生ぬるいのだ」

ザイド殿下が確認しに行ったものを見たくなくて、ぎゅっとアルベルにしがみつくとそのまま抱き上げられた。

その拍子に見えた足元には……短剣が落ちている。からんと音をたてた金属製のものはきっとこれに違いない。

この短剣はザイド殿下を狙って投げられたのだろうか？　そう思うと、心臓の音がうるさいくらい大きくなった。

「大丈夫ですよ。隙を見せることで向こうが動けば、位置がはっきりとわかるのでわざとそうしただけです」

アルベルがそっとフェインの頭を自分の胸に押しつける。おかげで木の上から落ちたものも、誰かを狙った短剣も、これ以上見ずにすんだけれど……。

「わざと喧嘩《けんか》、したの？」

「はい。驚かせてすみません」

アルベルとザイド殿下には刺客がいることがわかっていた。だから、狙いやすいように騒ぎを起こして位置を特定させたということだろうか。

「では今度こそ、事後処理をしっかりなさってくださいね。それと、私の地位はまだそれほど高くありませんが、地位や権力だけで人を見るのは帝国の人間の悪い癖です。改めた方がよろしいかと」

フェインを抱き上げたまま、アルベルはザイド殿下に背中を向ける。

「おい！　せめて誰か人を呼べ！」

ザイド殿下が叫んでいるのをまるっと無視して、アルベルは遠ざかっていく。普段からテムル兄さまやレペ兄さまを相手にしているアルベルは随分心臓が強いようだ。

「スキュア、ザイド殿下を手伝ってあげて」

さすがにそのままにしておくことはできなくて、スキュアに頼む。フェインたちについてこようとしていたスキュアが足を止めて頭を下げたのを見て、ほっと息をついた。

「大丈夫ですか？」

さきほどの場所から少し離れて、アルベルはフェインを降ろしてくれた。顔を覗き込んで、体調を窺《うかが》うのは……きっとアルベルにとっては意識してのことではない。

刺客や喧嘩のようなことに慣れていないフェインを心配してくれているだけだ。

「僕は大丈夫」

どちらかといえば、置いてきてしまったザイド殿下の方が心配だけど……。近衛《このえ》騎士のスキュアがついていればなんとかしてくれるだろう。

「フィ。ルワーン帝国はああいう命のやり取りがあるような怖いところです。フィはそんなところに行きたくありませんよね？」

そう言われて、そっとアルベルの顔を見上げた。

「フィ？」

目が合うと、優しく微笑《ほほえ》んでくれる。その優しさが、今は少し辛《つら》い。

アルベルはザイド殿下がフェインに求婚したことを知っていた。けれど、行くなとは言ってくれない。

『行きたくありませんよね？』

そういうふうに誘導して、フェインが行きたくないと言うのを待っているだけだ。

「おかしなことは考えなくていい。フィがルワーン帝国に行かなくても、両国の仲が悪くなったりしません」

おかしなことなのだろうか？

フェインはふと立ち止まる。

「僕が、国のためにザイド殿下との結婚を考えるのは、おかしなこと？」

「フィ？」

アルベルが振り返ってフェインに駆け寄ってきた。

「僕は今まで、体も弱くてみんなのお荷物だった」

「誰がそんなことを！」

「でもっ！　違う。僕は役に立てる！」

「フィ！」

がっと両腕を摑まれて、フェインは目をぱちぱちさせる。

アルベルがこんなふうにフェインに向けて声を荒らげることなんて今までなかった。焦っているような顔を見ることも。

摑まれた腕が痛くて、顔を顰《しか》めると慌てたように手を離したアルベルは……けれどフェインの前に跪《ひざまず》いて、まっすぐにフェインの顔を覗き込んでくる。

「大丈夫です。フィはどこにも行かなくていい。ここで好きな相手と結婚して、幸せに暮らせばいい」

ぎゅっと手を握られて、フェインは泣きそうになる。

ここで、好きな人と……？

ほかならぬアルベルがそれを言うのかと思うと、ぐらりと眩暈《めまい》がしたような気がした。

「好きな、相手だって？」

「ええ」

「アルベルはそれが誰か知っているの？　知っていて、そんなこと！」

「知っています。知っているから、言っています」

叫んだフェインの声を遮るように、アルベルの声も大きくなる。

「知って……」

フェインはただ、呆然《ぼうぜん》とアルベルを見つめた。

よく考えてみれば、わからないはずはない。大きくなってからはあからさまな態度はとらなかったけれど、小さいころは好きだという態度を隠したりしていなかった。

アルベルは次期宰相候補だ。人の心を読むことに長《た》けていて……。侍女のセイラでさえ気づけたことをアルベルが気づかないわけはない。

「フィは好きな相手と結婚して、幸せに暮らせばいい」

ぎゅっと手を握られて、フェインは泣きそうになる。

好きな人と結婚することができるなら、どれだけ幸せだろう？

「私と結婚しましょう、フィ」

突然言われた言葉に、ハッと息をのむ。

嬉《うれ》しいはずの言葉だった。大好きなアルベルからの、望んでいた言葉。

けれど、フェインは知っている。

アルベルには好きな人がいる。フェインとは別に、求婚した相手がいる。

それなのに、そんなことを言うのはフェインを心配してのことだ。フェインがルワーン帝国に行くとなれば、きっと苦労すると思っているから……だから、自分の幸せを捨ててもフェインをこの国に留《とど》めようとしてくれている。

そんな選択をアルベルにさせてしまったことが悔しくて、フェインの目からぽろりと涙が零《こぼ》れた。

一度零れた涙は、止《とど》まることを知らなくてフェインの意思とは関係なく次から次へと零れてくる。

「フィ……？」

頰に伸ばされようとした手を、フェインは思い切り振り払う。

「アルベルの馬鹿っ！」

力一杯叫ぶと、アルベルは戸惑っていた。結婚しようと言えば、フェインは喜んで受けると思っていたに違いない。

「僕はアルベルと結婚なんてしない！」

そう宣言してしまうと、言葉は跳ね返って心に突き刺さったようだった。体中の水分が全部、目から出てしまうかもしれないと思うくらい、涙が止まらない。

「なんでっ、なんでそんなこと言うの……！」

泣きすぎて、干からびてしまうかもしれない。けれど涙の止め方なんてわからないのだ。

「フィ、落ち着いて」

「だって……っ！　アルベル……っ、アルベルが……っ」

フェインがどんなにアルベルを好きでも、アルベルと結婚することだけは避けなくてはいけない。だって、好きな人と結婚できないのは、こんなに辛い。

「ア、アルベルにはちゃんと好きな人と結婚して欲しい」

「フィ？」

「だって、僕じゃないでしょう？　僕はこんなにアルベルが好きなのに、アルベルの好きな人は僕じゃないでしょう？」

あんなに夢を見ていた告白だったのに、こんなやけになって叫ぶように好きだなんて。

ずっと、元気になりたかった。こんな体ではいつかきっとアルベルに迷惑をかけるから、せめて人並みに……誰かに認められるような一人前の人間になれたら告白しようって決めたのに。

「フィ！」

離れようとしたフェインの体を、アルベルが抱き寄せる。

「やだっ、離してっ！」

力強いその腕は、フェインがいくら暴れてもびくりともしない。

アルベルの足を踏んだせいか、体ごと持ち上げられて地面から足が離れてしまうと、フェインに抵抗する術《すべ》は残されていなかった。

そのまま石畳の道を逸《そ》れて庭の奥へ足を進めたアルベルは、木陰になっている場所で足を止めた。

「……どこでそんな勘違いをしたのか、教えてもらえますか？」

低い声。

アルベルがフェインにそんな声を向けるのは聞いたことがなかった。フェインに話しかけるアルベルはいつも優しくて、穏やかで。

「かっ、勘違いじゃないっ。アルベルがそう言ったのを聞いたからっ！　それに、この間だって好きな人がいるって！」

フェインは必死に気力を集めて叫ぶ。

「私がフィ以外の人を好きだと言いましたか？」

「だって、アルベルが結婚を申し込んだって……。そんな人がいるなんて聞いたことなかったし」

少し考えるような顔を見せたアルベルが、そっとフェインを地面に降ろす。

「どこで聞きましたか?」

「テムル兄さまの、執務室」

その答えにアルベルは少しだけ片方の眉をあげた。

「いつ?」

「僕に耳が生えた日。兄さまが、早く結婚を申し込めばいいって言ったら、もうしているって……」

もう言い逃れはできないだろうとフェインがアルベルの顔をじっとみつめると、アルベルは大きく息を吐きだした。

『聞いていたのですか、仕方ないですね。実は……』

きっとそう話し始めるだろうと思ったアルベルは、フェインの真剣なまなざしを見て、もう一度大きく息を吐く。

「私は、もう何度も結婚の申し込みをしています」

その答えはフェインの予想を裏切るものだった。

アルベルが何度も結婚の申し込みをしているって……。そんな相手が何人もいるのだろうか。

それとも、同じ人に断られているのだろうかとフェインの頭は疑問でいっぱいになった。

「最初の正式な申し込みは十年ほど前でしょうか。侯爵家の後継を放棄した書類とともに、ぜひフェイン様を妻にしたいと申し入れました」

「は？」

フェイン様を……？　って、それって？

「うちの父が、後継ぎを望めない妻を迎えることは許さないというのでね。それならば侯爵家など必要ないと弟に譲りました」

侯爵家……。侯爵家って、そんなに簡単に必要ないとか言えるものだったっけ？

「それでもなかなか受け入れてもらえないので、宰相閣下に取り入って後継者に指名していただくことにしました。それから、強さも必要だと、よりいっそう剣の腕も磨きました。ひとつ地位が上がるごとに申し込みをしています」

「ちょ……、ちょっと待って。誰に結婚の申し込みを……？」

「両陛下にです。未成年に結婚を申し込むためには両親の承諾が必要ですから」

開いた口が塞がらない。フェインはただ唖然《あぜん》としたままアルベルの話を聞いていた。

「何を驚いているのですか。ザイド殿下も、陛下に申し込みをしたでしょう？」

そう……。確かに、そのとおりだ。

「テムル様やレペ様に混じってしごかれたのも、私が将来フィを欲しいと言ったからです」

兄たちに混じって鍛えられていたのは知っていた。けれど、それは側近候補だからだとばかり思っていた。

何度も目をぱちぱちさせて、フェインは頭を整理しようと努めるのだが、アルベルの話はちっとも理解できない。頭の中に言葉が入ってきていても、自分の中の否定の言葉の方が大きくてフェインは大きく首を横に振った。

「でも、そんな……だって」

「愛しています、フィ」

止まっていた涙が、また溢《あふ》れてくる。もう残っていないと思っていた涙は……さっきとは別のもののようだ。

「フィ、私に言うことはありませんか？」

ぼやけた視界の向こうには、フェインの好きな笑顔があって……。

「ぼっ……僕っ、僕もっ」

声が上手《うま》く出ない。

両手で何度も涙を拭って、それでも出ない声がもどかしくてフェインはアルベルに抱き着いた。

「好、き……っ」

やっと口にできた言葉は、すうっとフェインの中にしみこんでいく。

「好きっ。好き。アルベルが好きっ」

とんとんと背中を叩《たた》かれて、顔を上げるとすぐそばにアルベルの顔があった。

やっと好きだと言えた。

そして、アルベルもフェインのことを……。改めて自覚すると、顔にかあっと熱が集まるのがわかる。フェインを見て、微笑むアルベルが眩《まぶ》しすぎて目をあけていられない。

ぎゅっと目を閉じた瞬間、ふわっとかるいものがフェインの頰を掠《かす》めた。

「え？」

それは、ちゅっと小さなリップ音を残して額に移動する。

「え？」

目尻、鼻の頭。それからもう一度、頰。

小さなキスを繰り返すアルベルに、フェインは言葉を失う。

「ちょ……っ、ちょっと……っ」

腰に回された手がアルベルから離れることを許さない。息をしようと大きく吸い込んだ空気に甘い香りが混じっていて……。

この香りは舞踏会の夜と同じだ。

とても甘くて、おかしくなる香り。

繰り返されるキスとアルベルの香りに頭がクラクラしそうになる。

「アルベル、まっ……」

唇に触れた感触に、フェインの体が固まった。

「今の……」

見上げた瞬間に、アルベルは人差し指を自分の唇に当てた。

「内緒ですよ。フィが成人するまでは何もしないと約束をしているのです」

まるで子供扱いするようなその約束は、きっと父さまか兄さまたちのどちらかの指示だろうか。自分たちは成人までなんて可愛《かわい》いことを言っていたはずはないのに、フェインにだけそんなこと言うなんて卑怯《ひきょう》だと思う。

「アルベル」

「はい?」

名前を呼ぶと、アルベルが少し身を屈めた。フェインの目線と合わせてくれるためだと思うが、フェインには好都合だ。

手を伸ばして、アルベルの両頰に手をあてるとフェインは自ら唇を寄せた。

フェインからの初めてのキスは、少しだけ歯がぶつかってかちんと音が鳴る。

「これは、僕からだからいいの。アルベルは逆らえなかっただけだから!」

もう一度。今度は歯がぶつからないように、そっと……。そう思って近づけた唇は、あと少しで触れるというその瞬間に、距離がゼロになった。

「んっ……」

頭の後ろと腰に添えられたアルベルの手がフェインの身動きを封じてしまう。

ふっと離れた瞬間に開いた唇を捉えらえて、キスが深くなる。フェインはそうっとアルベルの背中に手を回した。

暖かい何かが口の中に侵入してくる。様子を窺うように、差し込まれてきたそれは……フェインの舌先に触れるとぐっと奥に伸びてきた。

「んっ……」

アルベルの舌は、フェインの舌を捉えただけでは満足せずにゆっくりと絡めとっていく。甘い香りがフェインをふわりと包み込んで。

今、キスをしているのだと……その事実だけで頭が真っ白になりそうだった。

「あっ……、はっ……」

ほんの少し力が緩む瞬間に息をしようとすると、口から漏れた声が甘い。耳を塞ぎたくなったけれど、力強く抱きしめたアルベルの手は、少しの身じろぎも許してくれない。

角度を変えて、より深く。

キスだけでこんなに近くに感じられるのだとフェインはまた泣きそうになる。

ほんのちょっと前まで、アルベルはもう手の届かない人になったのだと思っていた。

フェインが恋したアルベルは別の人を好きになっていて、フェインを好きになることはないのだと。

けれどそれは全部フェインの勘違いで……。

今、アルベルはフェインのものなのだ。ずっとフェインのものだったのだ。

それが嬉しくてアルベルの服をぎゅっと摑む。

少しでもアルベルのキスに応えたくて、フェインもアルベルの舌に自分のを絡めようと動かすと、抱きしめる腕にますます力がこもったように思えた。

あきれるくらい長い時間、そうしていたように思える。けれど離れていく唇を感じた瞬間に、もう寂しいと思う。

もっとずっと触れていたい。

アルベルの香りに包まれて、アルベルに触れて……それはどんなに幸せだろう?

少し乱れた息を整えた数秒後、フェインはアルベルに飛びつくようにして、再び唇を重ねた。

「アル、ベル……っ」

戸惑うことなく、アルベルの口に自分の舌を差し込む。

もっとこの幸福を味わっていたかった。

けれど、あれだけ強く抱きしめてくれていた腕が、ふっと解《ほど》かれてフェインはバランスを崩しそうになった。体勢は立て直したものの唇は離れてしまい、抗議の意味でアルベルを見上げる。

「ダメですよ、フィ。ここまでです」

困ったような顔のアルベルはそう言ってフェインの頬に小さなキスを落とした。

甘い香りはずっとフェインを誘っている。こんなふうにやめてしまうなら、あの香水もつけないで欲しい。

「これ以上すると、フィを無茶苦茶にしてしまいそうです」

耳元で囁《ささや》かれた声にフェインは真っ赤になった。

無茶苦茶……？

レペ兄さまから聞いた大人の知識をかき集め、アルベルの無茶苦茶を想像したら、フェインの足からすとんと力が抜けた。

「フィ！」

アルベルが慌てて手を伸ばすが、フェインは地面にぺたりと座り込んでしまう。

「フィ？」

屈んだアルベルが心配するように顔を覗き込んでくるが、恥ずかしくて目を合わせられない。どんなことを想像してしまったのか……。それが筒抜けになるように思えてフェインは自分の顔を両手で覆った。

顔だけじゃなくて、全身が熱くなってくるような感覚に……、けれどその感覚が嫌じゃないと思う。そんな自分がまた恥ずかしくなる。その繰り返しに身の置き場がなくなってしまいそうだ。

「フィ？　どうしましたか」

「だって」

アルベルが悪い。アルベルがおかしなことを言うからだ。体を巡る熱がもどかしくて、頭がぼんやりする。アルベルを見上げる目がとろんと溶けてしまいそうで……。

「フィ？」

そっと手を伸ばしてアルベルに触れると、フェインの体の熱はどんどん高ぶっていくようだった。それに合わせるかのようにアルベルの体から甘い香りが溢れてくる。むせかえるような香りがフェインを包み込んで考える力を奪っていく。

「アルベル」

名前を呼ぶだけでは足りない、と思った。

だって、こんなにどきどきして、こんなに体が熱い。

「僕たちはもう恋人同士だよね？」

恋人になったら、愛称で呼んで手を繫《つな》いでキスをして。うん。これはもう全部できている。

だったら、その先は？

ゆっくり顔を上げたフェインに、アルベルは目を細めて頷《うなず》いた。

「はい。フィは私の愛《いと》しい人です。フィもそうでしょう？」

アルベルが抱きしめてくれたら嬉しい。

それから、唇だけじゃなくていろんなところにキスをしてくれたら嬉しい。

「フィ？」

熱に流されるように、フェインは自分の服のボタンに手をかけた。

ひとつ、ふたつとボタンを外していると、慌てたようにアルベルがその手を摑んで止める。

「何を……」

「だって、恋人同士だったら問題なくない？」

顔が熱い。

自分で言っていることなのに、わんわん声が響いてくる。誰か別の人がしゃべってるようだ。

でも、そんなことよりアルベルに触れたい。触れてほしい。あの甘い香りにもっと包まれていたい。

「アルベル」

名前を呼ぶと、アルベルがごくりと喉を鳴らしたのがわかった。

アルベルが自分に欲を覚えている。そのことが嬉しくて、体を巡る熱がどんどん制御できなくなる。

首筋、肩、胸……。

まるで意思をもったように広がっていく熱に身を任せていると、体がふわふわ浮いているような気分になった。

「アルベル、好き」

頭の中で声が響く。

アルベルが好き。

そのことだけが頭の全部を占めて、他の思考がなくなっていく。

指先にまで熱が回ると、フェインは再びボタンを外そうとした。

「フィ！」

慌てて止めるアルベルが、どうしてそうするのかわからなくて首を傾《かし》げる。

「フィ、大丈夫ですか？」

そう尋ねてくるアルベルの瞳は、先ほどまでと違っていた。

アルベルも熱に浮かされたようだったのに、今はどこか冷めている。少し眉を寄せて、フェインを見る目は何かを観察しているかのようだ。

「だい……？」

大丈夫？

何がだろう。

アルベルが問いかけた言葉を必死に考えようとするけれど、体の中を巡っていく熱がすぐにそれを吹き飛ばしてしまう。

アルベルが欲しい。触れたい。もっとキスを……。それから……。

「大丈夫。うん。大丈夫。だから、アルベル……」

さっきのようにキスをしてほしくて、顔を近づけようとするけれどアルベルの手がフェインの唇を塞いでしまった。

「大丈夫じゃありませんね。まいったな……」

ただキスをしたかった。

舌を絡めて、体をぎゅっと抱きしめて……。

フェインがぺろりとアルベルの手のひらを舐《な》めると、アルベルはびくりと体を揺らせた。しかし手は外してくれない。悔しくて何度も舐めるけれど、アルベルはますます眉を寄せて難しい顔になるだけだ。

「……っ、ああもう。悪いのは私です。私が全面的に悪い。フィ、いいですか。あなたは今、発情しかけています」

ぴたりと舐めるのをやめて、フェインはアルベルを見上げた。その視線はとろりと溶けていて、アルベルは思わず目を逸らす。

「獣人の特性は十分に理解していたはずなのに……」

「はつ……、じょ……？」

ぼんやりとした頭でフェインはアルベルの言葉を反芻《はんすう》する。

発情。フェインの知識が間違っていなければ、それは動物が子供を得るために交尾を求める……。

「発情？」

頭がその言葉を理解して……。けれど、体の熱がどうしようもないことに気がついてフェインは呆然とする。

「ど……っ、どうしよう……」

頰をこすってみる。頭も、腕も。ごしごししてみるけれど、熱は収まらなくて。

「アルベル……、どうしよう……体が、熱……い」

助けてほしくて、手を伸ばす。

この熱をどうにかできるのはアルベルだと、どこかで思っていたのかもしれない。

「……っ」

アルベルがぎゅっと抱きしめてくれたとたん、嬉しいと全身で感じた。

もちろん、想いが通じたばかりの愛しい相手が抱きしめてくれることを嬉しくないはずない。けれど、それだけではなくて……頭の先からつま先まで……、全部を駆け巡るぐらいの喜びがあって。

アルベルの甘い香りを吸い込んで……このまま、溺れてしまいたいと思う。

「アルベル、熱いよ……」

もう、吐きだす息にさえ熱がこもっている気がする。

「助け……て。アルベル……」

アルベルが触れてくれないとどうにかなってしまいそう。フェインはアルベルの手を握って、自分の胸に押し当てる。

「ほら。こんなにどきどきしている。アルベルに触ってほしい」

「……フィ」

また頭がぼんやりし始めて……。アルベルの手が動いてくれないかと願って、握った手にフェインは頬を摺《す》り寄せる。

この大きな手が、触れてくれれば嬉しい。

フェインはアルベルの手にキスをして、それからまた頬を摺り寄せる。

「アルベル……好き……」

手だけじゃない。その唇もほしい。

アルベルの唇にそっと手を伸ばす。指先が触れると、唇を合わせたくなって、迷わずにそうした。

「ん……っ」

動いてくれないアルベルがもどかしくて、アルベルの唇に舌を這《は》わせる。

さっきは深いキスをくれたのに、もうくれないのだろうか？

「アルベル……？」

「フィ、……すみません」

小さな声が聞き取れずに、首を傾げるとアルベルがフェインの体を抱き上げた。そのままフェインの宮殿の方へ歩き始める。

横抱きにされているような格好は、まるでアルベルに包み込まれているようだ。

自然に顔が緩んで笑顔になった。

「何を謝るの？」

こんなに嬉しいのに。

体がふわふわしてアルベルのことだけ考えていたくて……。フェインはアルベルの頬にキスをする。

「少しだけ我慢してください」

歩く速度が速くなっていく。ぎゅっとアルベルの首に手を回すと、甘い匂いが体中に回っていくようだ。

「あら、アルベル様……。フェイン様も？」

セイラの声が聞こえた。フェインの宮殿に戻ってきてしまったようだ。少しだけ我慢といったのは……フェインを宮殿に戻すことだったのだろうか。

アルベルはセイラに部屋を出るよう指示して、フェインを寝室へ運ぶ。

その体を寝台の上にそっと座らされて、フェインは大きく息を吐いた。

「大丈夫ですか？」

気遣う声に首を横に振る。アルベルにずっと触れていて欲しい……。キスも、それ以上のこともして欲しくて手を伸ばすのに……。

アルベルはフェインの靴を脱がせ終わると、そっと離れていった。その温《ぬく》もりが近くにないことに泣きそうになった。

「アルベル」

顔を上げると、離れて行ったはずのアルベルは、窓のカーテンに手をかけていた。

「……？」

カーテンが閉じられて、部屋が薄暗くなる。それから、扉に歩いて行ったアルベルが鍵をかけて戻ってくる。

「フィ」

頬に手を当てられて、ほっとする。

「フィ、すみません。理性というものがこんなに簡単になくなるとは思いませんでした」

言葉を口にする前に、唇が塞がれた。

アルベルの手がフェインのシャツのボタンを外していく。露《あら》わになった肌にそっと触れられて……フェインはぴくりと体を震わせた。

「フィ」

耳元で囁くアルベルの息も熱い。

フェインの肌に直接触れる手も……熱くて。シャツが肩から落ちていくのも気にならなかった。

「もっと……」

思わず漏れた言葉に顎を強い力で摑まれた。上を向きながら重なった唇は、合わせていようとしなければすぐに離れて行きそうで……。フェインはアルベルのキスに夢中になる。

「んっ……」

手が胸の突起を掠めて、フェインは声をあげた。

「あ……っ」

爪が、突起を弾く……。その瞬間に離れてしまった唇が悲しくて慌ててアルベルの首に手を回した。

「フィ？」

離れたくないと声に出すより早く唇を重ねる。

お互いの舌を絡めて……アルベルもきっと離れたくないと思ってくれていると……。

「あっ……ん……っ」

アルベルが頭を支えてくれて、キスが深くなる。それと同時に、アルベルの中指が再び突起に触れた。

「……ぁ……っ」

唇が塞がっていなければ、あられもない声をあげていたかもしれない。アルベルの指が突起をいじるたびに体がぴりぴりとしびれるみたいに気持ちいい。

「んんーっ！」

ぎゅっと押しつぶされて、体が跳ねる。唇が離れ、乱れた息をそのとき知った。

「フィ、もっと？」

すっと下におりた手が服越しにフェインのそれに触れた。

胸への刺激とキスだけで形を取り始めていたそこが、アルベルの手に触れたことで一気に固くなる。

もっと……！

その言葉を言うのはさすがに恥ずかしくて、声にならない。けれど耳まで真っ赤になった顔が何を求めているかは十分に伝わっているようだった。

「可愛い、フィ」

アルベルが器用に片手でベルトの紐《ひも》を外していく……。ゆっくり体が押し倒されて、同時にズボンが下げられた。

「……っ！」

するりと足の間に入り込んできた手が、フェインのものに触れて……。それだけで、頭が真っ白になった。

「フィ、口を開いてください」

言われるままに口を開くと、再び唇が重なる。奥まで暴こうとするアルベルの舌に必死になっていると、フェインのものに触れていた手がゆっくりと動き始めた。

「ん……ぁ……っ」

先端を優しく触られて、雫《しずく》が溢れる。

体に力が入らなくなって離れてしまった唇をアルベルが追ってくる。

くちゅくちゅと響く音が、舌を絡めている音なのか……下から聞こえてくる音なのかわからなくなった。

「あっ……」

キスも、フェインに触れる手も……終わらない。

高められた熱が、うねるように体中を行き来する。思わず、ぎゅっと目を閉じると、アルベルの唇が瞼《まぶた》に押し当てられた。

「フィ。愛しています」

その声が、ずくりと響く。

アルベルの手が動きを速めて、フェインは必死でアルベルにしがみついた。

「んっ」

声を抑えようとアルベルの胸に顔を埋《うず》める。それでも、抑えられなくて。

「フィ、いって?」

耳元で囁かれると、もう駄目だった。

「あっ、あぁぁ……っ！」

熱が一ヶ所に集まったと思ったら、ぱっと弾けるように頭の中が真っ白になる。

気がついたら、アルベルに体を預けて荒い息を繰り返していた。

足の間が……べたべたとしている。

ぼうっと熱にうかされていた頭がゆっくり動き始めた。

「……っ！」

頭が状況を理解した瞬間に、体の熱が一気に引いていくのがわかった。

あれだけ熱かった体が指先からすうっと冷たくなっていく。

フェインは慌ててアルベルから離れようとして、体がふらりと傾いた。

「大丈夫ですか？」

アルベルが腕を回して支えてくれるが、その体勢ではフェインがアルベルに抱き着いたようだ。

「だっ……だい……っ、だいじょ……？」

大丈夫、だろうか？

必死に考えてみるが、わからない。

フェインは裸だ。

けれど、アルベルは服を着たまま。

「あの……僕……っ、あのっ、だから……っ」

なんてことをしてしまったんだ！

ぱくぱくと動かす唇から声が出ない。

「ああ。一度達すれば、発情の状態からは抜け出せるみたいですね」

イチドタッスレバ、ハツジョウノジョウタイカラハヌケダセルミタイデスネ。

その言葉の破壊力が強すぎて、頭がついていかない。

「フィ。獣人の特性のせいです。フィのせいじゃありません」

「だっ、だから大丈夫ってわけでも……っ」

「ええ、そうですね。悪いのは私です」

アルベルがフェインの頭を撫《な》でてくれる。

でもアルベルが悪いはずはない。勝手にああなってしまったフェインが悪いのだ。

「フィ。コレだ、と私を指さしてください」

「え？」

「陛下がおっしゃっていたでしょう？　コレだと指をさせば、明日にはその男が夫になっているると」

「……！」

確かに、言っていた。

『国内に想《おも》う相手がいれば、コレだと指させばいい。そうすれば明日からその男はお前の夫となるだろう。フェイン、お前はいい子ですぎる。もっと我儘《わがまま》になりなさい』

けれど、それはふたりきりのときに言っていた言葉のはずで……。いったい、アルベルはどこでその言葉を聞いていたのだろう？

「早く」

そっと手を持ち上げられて、フェインは恐る恐る指を伸ばす。

「フィ。もしかして私以外の誰かを指さしたいと思っていますか？」

そう聞かれて大きく首を横に振った。

父さまに聞かれたとき、まっさきにアルベルの顔が浮かんだ。アルベルの顔しか浮かばなかった。

「……コレ。アルベルがいい。アルベルじゃないといやだ」

そっとアルベルの胸を指さすと、アルベルがその手を取って口づける。伏せた目がどきりとするくらい色っぽくて見とれてしまった。

顔を上げると、アルベルはにっこりと笑っていた。

「ちょっと今から、諸々《もろもろ》の手続きを済ませてきます。フィは未成年ですから結婚の届けには保護者のサインがいりますので……」

「えっと……アルベル？」

保護者と簡単に言うが、フェインの保護者は国王だ。

その面会を取りつけるだけでも、普通ならば数日かかる。兄の側近を務め、次期宰相と言われているアルベルならば面会自体はそんなに難しいことではないにしろ、急に結婚届けをと言われて同意する親がいるだろうか。

それに、ザイド殿下から結婚の申し込みがあったことについてもフェインははっきりとした答えを返せていない。未成年だとかそういったことの前に問題は山積みな気がして、フェインは小さく首を横に振った。

「責任は取ります。待っていてください」

「え、そんな大事なことなら僕も……！」

アルベルがそこまで考えていてくれるなら、じっとなんてしていられない。とりあえず服を着ようと急いで寝台の上にあったズボンに足を通す。

「いいえ。これは私のけじめです。しっかり片づけてきます」

「でも、ザイド殿下にもきちんと断ってないし……」

シャツを羽織って、ボタンを留めていく。一度、風呂に入ったほうがいいけれど、とりあえず体裁を整えてからコリンナたちを呼ばないと。

「フィ」

ぱっと頬に手を添えられてフェインは思わず手を止めた。いつも優しいはずのアルベルが……。ちょっとだけ、ほんのちょっとだけ、怖い……ような？

「想いを愛だと断言できないような腰抜けにわざわざ答えてやる必要はありません」

愛……？

『ああ。まだ、愛ではない。だが、いずれそうなるだろうという予感がした』

さきほど、ザイド殿下に言われた言葉を思い出してごくりと唾をのむ。だって、その言葉を言われたとき、アルベルはいなかった。

さっきも父さまに言われた言葉を知っていたし……。

「ア、アルベル？　アルベルももしかして獣人の特性が……？」

「そんなものはありませんよ。これでも次期宰相候補なので、色々と情報を集める方法を持っているだけです」

そういうものなのだろうか……？

でも、アルベルが言うのだからそういうものなのかもしれない、とフェインは小さく頷く。

「必ず、許可を取ってきますので」

優雅な動作で、フェインの頬に口づけを落としたアルベルは……そっと出口に向かう。静かに扉が開いたほんの一瞬、隙間から見えたスキュアがアルベルに何か話しかけているように見えた。

「あ……」

色々って、そういうことかと思う。

アルベルはアルベルの方法で、情報を得て武器にする。フェインが好きなアルベルは弱い人ではない。

「フィ、信じて待っていてください。夜までには戻ります」

振り返ったアルベルは、フェインが見たことのないような清々《すがすが》しい顔で笑っていた。


「本殿で、何やら大騒ぎが起きているようですので、フェイン様は部屋から出られませんように」

コリンナの目がいつもより大きい。きっと何かが本殿で起きている。

あのあと、アルベルはすぐに本殿へ行ってしまった。フェインは風呂を用意してもらって着替えたが……コリンナやセイラにはシーツを取り換えたりしたことで何が起きたかわかってしまっただろう。

恥ずかしいけれど……、でも恥ずかしいことではない。フェインとアルベルは想いが通じあったのだ。

うさぎの耳を使えば、本殿で起きている騒ぎを知ることはできるだろうが、知ってはいけないような気がしてフェインは必死に耐えていた。

けれど心は抑えきれなくて、断片的に自分の名前や結婚という単語を拾ってくる。剣を抜く音まで聴こえてきたときには叫んでしまいそうになったけれど、アルベルの、信じて待っていてという言葉を胸に必死で耐えた。

アルベルと別れたのは午後のお茶が終わるくらいの時間だった。

じっとしていられなくて、ただウロウロと自室を歩き回る。

アルベルは夜には戻ると言った。

つまり、この騒動を収めるのに夜までかかるのだろう。

ようやく日が沈み始めて、夜が近づくとどうしようもなく落ち着かなくなった。

「フェイン様、そろそろお夕食を召し上がりませんと」

セイラが気遣うように言ったのは、フェインの顔色がよくなかったからだろう。

待つことがこんなに大変だとは思っていなかった。

「アルベルと一緒に……」

夜にはと言ったのだから、もうすぐ来るはずと思っていたけれど、コリンナが無言で首を横に振った。本殿の大騒ぎはまだ収まっていないらしい。怒鳴ったり、叫んだりという音は聴こえなくなった。冷静な話し合いが行われているのだと信じたい。

余計な音を拾ってくる憎らしい耳をぎゅっと結んでしまったのはつい二時間ほど前のこと。少しじんじんするけれど、それくらいの痛みがないと耐えられない。

まるでふわふわの団子が頭にくっついているような見た目は格好よくなかったけれど、フェインは真剣だった。

夕食を終えて、自室でお茶を淹《い》れてもらう。

少しだけブランデーを落としたお茶は普段ならば気持ちを落ち着けるものだけれど、いくら飲んでも落ち着けるわけがなかった。

「アルベル……」

その名前を呟《つぶや》くのも、もう何度目かわからない。

もうこの耳を解いて、アルベルの様子を確かめようと何度思ったことだろう。信じて待つということはこんなにも大変なのだと思う。

許されるなら飛び出して行きたい。アルベルと一緒に父さまや母さまに、結婚を認めてくれと頭を下げたい。

『これは私のけじめです。しっかり片づけてきます。信じて待っていてください』

そのたびに、アルベルの笑顔を思い出す。

今までフェインはアルベルを信じられなかった。あれだけ優しく、大切にしてもらっていたのに……ほかに好きな相手がいるのだと思い込んでしまった。

だから、今は信じて待つ。

「早く」

早く、会いたいと思う。

そして、これまでのこともこれからのことも話したい。

『陛下がおっしゃっていたでしょう？　コレだと指をさせば、明日にはその男が夫になっていると』

恋人になったと思ったとたん、結婚だなんて飛躍しすぎだと思ったけれど……アルベルとなら、早いか遅いかだけの違いだ。そうなると、早い方がいいに決まっていた。

「早くきて」

ぽつりと呟いたとき、宮殿の前が急に騒がしくなった。人間の耳で聴こえるくらいだ。何かあったのだろうと、フェインは自室を飛び出す。

玄関に向けて走っていくと、フェインが待ち焦がれていた人物がそこに立っていた。

「アルベルっ」

黒い上着には金の刺繡《ししゅう》が施され、濃い緑のマントは灯によって色を微妙に変える珍しい素材。手には大きな花束を持って、まるで舞踏会に行くような正装をしたアルベルは眩しいくらいに格好いい。

「フィ！」

弾むような声で、アルベルは花束をフェインに差し出す。鮮やかな深紅の薔薇《ばら》は今の季節には珍しい。

「ありがとう。あの、それで……」

顔を上げると、アルベルは別の手に持っていた紙をフェインに差し出した。

丸められたその紙は、国王が使う特別なデザインのものだ。普通の紙よりもずっと白くて、縁に金の文様が施されている。

「これ……？」

「すみません。本当は結婚の証明書をもぎ取ってこようと思ったのですが……」

受け取って開いてみると、その書類は確かに結婚を証明するものではなかった。

「これ……！」

「婚約証明書です」

アルベルの言葉に何度も目をぱちぱちさせる。

婚約……！

アルベルと、婚約！

数秒遅れて、その事実を頭が理解する。

「本当に……？」

書類の最後の署名はアルベルのもの。フェインが署名をする場所に、父のサインがあるのはフェインが未成年だからだろう。

「成人を迎えるまでは、それで我慢しろと……。まったく、横暴な話です」

突然結婚を言い出すことの方がずいぶん横暴な話ではないだろうかと思う。けれど、アルベルと婚約できたという嬉しさの方が勝って、細かいことは頭から吹き飛んだ。

「ルワーン帝国の皇子が結婚の打診をしてくれていて助かりました。早くこの話を纏《まと》めないと、帝国に連れて行かれるという口実を作ることができましたからね」

そんな言葉で説得したのか、とフェインは目を丸くする。

「フィ」

「?」

「今日から、私たちは婚約者です」

ふわりと体が持ち上がる。

「少しくらい、昼間の続きをしても許されるでしょう?」

誰にも聞こえないくらいの小さな声に、体中が一気に熱くなる。

アルベルの体から甘い香りが漂ってきて……。またあの香水をつけているのだと思った。フェインがおかしくなってしまう、甘い甘い香り。

「くらくら、しそう」

息をするたびに香りがフェインの体に熱を灯《とも》していこうとする。

このままアルベルと一緒に……。そう思ったとき、コホンと後ろで咳《せき》をする音が聞こえた。

振り返ると、コリンナがそこに立っていて……。

「ご婚約、おめでとうございます。フェイン様、アルベル様」

笑顔なのに、目線だけは鋭くアルベルを見ている。

「アルベル様」

「……わかっています。今日はおとなしく帰ります」

まるでいたずらが見つかった子供のように笑って、アルベルはフェインをそうっと床に降ろした。

「アルベル……」

フェインのうさぎの耳に力がなくなったのを見て、アルベルが頭を撫でてくれた。

「また、明日。朝には顔を出します。それから、昼にも。私たちは婚約者同士なのですから多くの時間がとれますよ」

「う……うん！」

そうだ、とフェインは笑顔になる。今までとは違う。アルベルとフェインは婚約したのだ。

「フィ。ずっと気になっていたのですが……」

「うん？」

「これは？」

くるりと丸まって結んであるうさぎの耳をアルベルが指さして、フェインは結んだままだったことを思い出した。

「あっ、あのっ、これはっ……余計なことを聴かないようにって思って！」

「余計なこと？」

「アルベルが信じて待っていてくれって言ったのに、アルベルが危ないと思ったら駆けつけちゃいそうだから」

慌てて解こうとするけれど、うまくいかない。もう力任せにひっぱってしまおうと思ったとき、アルベルの手がうさぎの耳に伸びた。

「フィが助けてくれるのですか？」

「だって僕たち、お互いの危機には助け合わないと」

アルベルは器用な手つきであっという間に結ばれた耳を解いてしまう。

「私はフィを守りたいのですが」

「僕だってアルベルを守りたい。これは譲らないからね！」

拳を握りしめて叫ぶと、勢いでうさぎの耳がぴょんと跳ねた。一度だけ目を丸くしたアルベルが、肩を揺らせて笑い始める。

「そっ、そんなに笑わなくても！」

フェインではアルベルを守るのに頼りないと思われただろうか。それとも、決意を込めて言ったのに跳ねたうさぎの耳がよくなかったのか。

「僕だって健康になった。これから剣だって習うし、乗馬だって上手くなる。まだ、背も伸びるからね！　兄さまたちみたいに、筋肉つけて……」

「それは、ほどほどに。ムキムキのうさぎはちょっと……」

「なにが悪いの。アルベルは外見で僕を好きになったわけじゃないでしょ？　ムッキムキのガッチガチになっても、可愛いって言ってくれるでしょう？」

言いながら、自分でもそれはないとは思う。思うけれど、やはり憧れというものは捨てられない。

体の弱かった子供時代、自由に剣を振るう兄さまたちが羨ましくて仕方なかった。記憶の中にある兄さまたちは小さいころから大きかったから、いくら血が繋がっていても同じような体格にはなれないだろう。それでも、憧れは消えない。

「もちろん。フィはどんなフィでも可愛いです」

そう言ってくれるアルベルだが、まだ笑いがおさまっていない。面白くないフェインは、アルベルの首に手を回して背伸びした。

そのままキスをねだるように目をとじると、ふわりと体が持ち上がる。

「このまま攫《さら》ってしまいたい」

再びコリンナがコホン、と咳をして……。アルベルが、ため息をついてフェインを床に降ろす。

「また明日だね」

その顔が可笑《おか》しくて、フェインは背伸びしてアルベルの頬にキスをした。

「愛しています、フィ」

唇が離れていくそのときに耳元で囁かれた言葉に頬に熱が集まる。後ろにはコリンナもいるのに、そんなに堂々と言うなんて。

「ぼ……僕も……っ！」

慌てて答えたときには、アルベルはもう歩き始めていて……。それでも、笑って手を振ってくれる姿が眩しくて仕方なかった。

『ザイド殿下のご健康をお祈りしております。ぜひまた我が国にお越しください』

聞こえてきた会話に、フェインはたらりと背中に汗が流れるのを感じた。

『よくも、あんなに突然婚約など……』

遠くに見えるザイド殿下とアルベルはにこやかに握手を交わしている。それなのに、お互いの声は冷ややかなものだ。

フェインがアルベルと慌ただしく婚約をしてから三日が過ぎた。

ルワーン帝国の使節団はまだしばらく滞在するけれど、ザイド殿下だけはひと足先に帰国することになったらしい。水差しの一件もあったし、なにかと忙しいのだろう。

フェインも、見送りに……と出てきたものの、会話を交わすほど近くに行くことは止められてレペ兄さまの後ろに隠されるように遠くから見ているだけだ。

『結婚式へのご招待は改めて。もちろん、来られなくてもまったく気にしませんので』

何度目を凝らしてみても、ふたりはさわやかな笑顔だ。

『……まだ婚約しただけだろう？　この先、何が起こるかわからんぞ』

それなのに、交わされる会話だけが殺伐としている。

『殿下の成人までには、国も整理しておこう。ルワーン帝国は、殿下が生きていくのに少し厳しいところだからな』

『少し？　ずいぶんと謙虚ですね』

『生き方を間違えなければ、生ぬるいどこかの国にいるより、ずっと面白いところだからな。殿下も来てみれば気に入ると思うぞ』

笑顔のふたりが同時にこちらを向いて、驚いた拍子にうさぎの耳がぴょこんと跳ねた。ザイド殿下もアルベルも、フェインが会話を聴いていることを知っていたようだ。

「生ぬるくていい……」

フェインは心底、そう思って呟く。

水差しに毒が入っているなんていうことは人生に必要のない経験だ。

「僕は僕のできることを頑張るんだから！」

「フェイン？」

急に呟いた言葉はひとりごとのようだ。レペ兄さまが不思議そうに見ていて、フェインは居心地が悪くなる。

「そうだ、レペ兄さま。今度騎士団の訓練を見に行ってもいい？」

「騎士団……？」

「だって、ほら！　僕、剣の訓練もしたいし！」

ぎゅっと拳を握ると、レペ兄さまが慌てて首を横に振る。

「だっ、だめだ。剣なんて危ない！」

自在に剣を操って、他の追随を許さないレペ兄さまがそんなことを言うなんて。

「大丈夫だよ！　僕だって父さまの血を引いている。すごい才能が目覚めるかもしれないし！」

「でも剣だなんて。怪我《けが》をしたらどうする！」

レペ兄さまが叫んだ瞬間、傍らでスキュアがごほんと咳をした。よく見ると頬がぴくぴくしている。どうやら笑いを堪《こら》えているらしい。それは周囲を固める近衛騎士のほぼ全員が同じだ。

誰よりも訓練が好きで、朝一番に剣を振る。そんなレペ兄さまが、弟可愛さにあっさりと剣を否定するさまが可笑しくて仕方ないのだろう。

「大丈夫だよ！　もう、前とは違う！」

獣人の特性が現れるということは、特別なことだと思っていた。

けれど、その力を特別なものにするかどうかはフェイン次第だ。

まずは、体力。それから、剣を握って……勉強もして。この力を生かしていく方法を学ばなければならない。

「フェイン。大丈夫だ。お前には獣人の特性がある。もう、頑張らなくて大丈夫だ」

「違うよ、レペ兄さま！」

もし獣人の特性が認められれば……。特別な能力があれば一人前になれるかもと思っていた。

けれど、それでは足りない。

「獣人の特性は、僕のやりたいことを後押しする力だ。僕はもう、剣も握れるし、走れる。今まで諦めていたことを諦めなくていい。だから、もっともっと頑張らなきゃ」

そのために、人に頼ってばかりではいけない。

ザイド殿下にはしっかり結婚話を諦めて帰ってもらわなければ。

「フェイン！」

急に走り出したフェインを止める声が聞こえる。

小さいころならば、それはフェインの健康を心配してのものだっただろう。けれど、今は無作法を責めるもので……それが嬉しいのだと言ったら、笑われてしまうだろうか。

地面を蹴る足は、前よりずっと確かなものだ。そのひと蹴りごとに、溢れる幸せをかみしめる。

「殿下。私との別れがそれほど名残り惜しいのか？」

辿りついた先で、ザイド殿下がそう言うからフェインは大きく首を横に振った。

「いいえ！　だって生ぬるい方がいい」

言葉を間違えたと思うが、それがザイド殿下にはツボだったようで大きな声をあげて笑い始めてしまう。

「僕は、アズクール王国が好きで、何より、アルベルを……っ」

愛しています！　そう宣言するつもりだったのに、思った以上に人前で叫ぶことが恥ずかしくて声が詰まる。

ちらりとアルベルを見て、それから大きく息を吸う。

「アルベルを愛していますから！」

きゅっと拳を握りしめると、勢いでうさぎの耳がぴょんと跳ねる。こういった場面では緊張感に欠けて仕方がない。

気がつくとアルベルがすぐ隣にいて、フェインの腰に手を回していた。

ただ、それだけのことにふにゃりと顔が緩む。

見上げたフェインに、アルベルの顔が近づいてきて……。重なる唇に、フェインの目が大きく開いた。

「……っ！」

みんなが、見ている。見ている気がする。少なくとも、ザイド殿下は凝視している。

「これだけ愛し合っているのに、入り込む余地などあるわけないでしょう?」

やっと唇が離れたと思ったら、堂々とそんなことを言う。

「フィ、私も愛していますよ」

アルベルは婚約が決まったあの日から、人前でも堂々とフィと呼ぶようになった。それは嬉しい。嬉しいけれど、今は恥ずかしすぎて地面にのめり込みそうだ。

「フィは私のものです。想いを愛だと断言できないような男に渡すわけにはいきません」

アルベルの言葉に、ザイド殿下は……楽しそうだ。

諦めて消沈したようなところはみじんもない。

「いいだろう。その言葉、覚えておけ」

背を向けて、待機するルワーン帝国の一団へ向かう姿は堂々としたものだった。

ザイド殿下は、狭いフェインの世界に突然現れた人だった。

ザイド殿下が、フェインのことを眩しいと言ってくれたように、フェインにとってもまたザイド殿下は眩しい人だったと思う。

もし、アルベルがいなければ……。

そう考えて、慌てて首を横に振る。フェインにはアルベルしかいない。アルベルが渡さないというのなら、フェインだって渡されないために努力する。

「フィ、そんな可愛い顔を見せてはいけません」

「え？　だって僕、精一杯怖い顔……」

今のは、決意に満ち溢れた男の顔だったはずだ、と頬を触ってみるが……。アルベルが大きなため息をつく。

「ア、アルベルっ？」

声をあげたのは、アルベルがフェインを抱きあげたからだ。

「一日も早く結婚しましょう、フィ」

「成人まで……って」

「なんとかします！」

フェインの成人が早くなるわけではないけれど、アルベルならなんとかしてしまいそうだ。

「じゃあ、今すぐ！」

フェインが笑顔で言うと、アルベルもふっと顔を綻ばせる。

「ええ、今すぐ」

ふわりと甘い香りがしたような気がして、それがアルベルからのものだと思うことが嬉しくて。

フェインはアルベルの頬に唇を寄せてキスをした。

うさぎ王子の幸せに関する懸案事項

「フェイン様！」

悲鳴のようなコリンナの声にフェインのうさぎの耳がぴょこんと跳ねた。

こんな風にコリンナが驚くことはわかっていたから、コリンナが部屋にいないときを狙って戻ってきたのに。

フェインに獣人の特性であるうさぎの耳が生えてから二ヶ月。見習いの騎士たちに混じって訓練をするようになってからは一ヶ月。毎日のように服は汚れるし、小さな傷もできる。今日は派手に転んで、いつもよりもひどい格好だったから、こっそり自分で着替えようとしていたところだ。

「どうしてすぐに呼んでくださらなかったのですか。怪我《けが》はございませんか？」

「もう治ったよ」

その言葉にコリンナが大きく目を開いたのが見えた。

言葉選びを間違えた。もう治った、では怪我があったと言っているようなものだ。

けれど、獣人の特性を持つフェインは傷の治りが早い。転んでできたすり傷程度なら、訓練場からこちらへ戻る間に治ってしまう。

「見た目に治ったからといって油断はなりません！」

小さいころから家族のように見守ってきてくれたコリンナは、侍女とはいえ母親のような目線でフェインを見ている。言いたいことははっきり言うけれど、そのひとつひとつに込められた愛情を疑ったことはない。

「もう痛くないから、お医者様は呼ばなくていいよ」

安心させたくて笑顔を作ってみる。

フェインは自分で言うのもなんだけれど、とても体の弱い子供だった。獣人の特性が現れて丈夫になったとはいえ、小さいころからずっとフェインの体を心配してくれてきたコリンナの意識が変わるわけじゃない。

「ですが……」

「大丈夫だよ！」

その場でぴょんと跳ねてみせる。

最初は全然高く跳べなくてがっかりしたけれど、今では腰の高さくらいなら跳べるようになった。訓練を重ねていけば、きっともっと高く跳べるようになる。今は、その先が楽しみで仕方ない。

「わかりました。けれど、痛いところがあったらがまんしないでくださいね」

擦り傷を作るたびに呼ばれていたのでは医師だって大変だ。しかも、その擦り傷は綺麗《きれい》に治ってしまったあとなのだから。

「さあさ、湯あみの準備はできておりますので汗を流してさっぱりしてきてくださいませ。着替えはこのコリンナが準備いたします」

バスローブだけを渡されて、寝室の隣にある浴室に追い立てられるようにして移動する。

汚れた服を脱いでたっぷりとお湯の張られた浴槽に身を沈めると、回復したと思っていた体にまだ疲れが残っていたことを実感した。

お湯をすくって顔を洗うと、訓練場でのことが頭を過《よぎ》る。

フェインが転んだ瞬間、訓練場の空気がぴりりと張りつめた。

転んじゃった、とフェインが笑顔を見せるまで……周囲は安心できなかったのだと思う。

「もう、大丈夫なのに」

獣人の特性を得て、体はずっと丈夫になった。どれだけ走っても熱を出さない体は、フェインがずっと望んでいたものだ。

けれどその能力の限界はフェインにしかわからない。

今までの病弱だったフェインを知っている周囲は、元気なフェインになかなか慣れてくれない。

「どうしたら、わかってくれるだろう?」

獣人の特性を持つ者は珍しい。だから、それについての理解が少ない。

『フェイン様があれほど身軽だとは思わなかった』

その声が聴こえて、うさぎの耳がぴくりと動いた。

フェインのうさぎの耳は色々な音を拾うことができる。今はどこかで呟《つぶや》かれた自分の名前を無意識に拾ってきてしまったようだ。

『そりゃあフェイン様も陛下の血を引いておられるのだ。お体さえ丈夫になれば、もともとの才が目覚めてもおかしくはない』

声は兵舎のある方角から。誰の声かははっきりしないが、訓練場で聞いたことのある声だ。今日の訓練のときに一緒にいた見習いの騎士かもしれない。

「うー……！」

思わずにやけそうになった頬を手で押さえる。

もともとの才。父さまの血。

ずっと兄さまたちにしか向けられなかった言葉がフェインにもあてはまる日がくるとは。それだけで跳び上がりそうになるくらい嬉しい。

『怪我をされたようだったが、大丈夫だろうか？』

大丈夫だよ、と答えてしまいそうになって口を閉じる。ここからでは聞こえるはずもない。

『獣人の特性が現れて、体も丈夫になられた。あのくらいの傷ならばもう治っているのではないか？』

心配してくれるのはコリンナだけじゃない。

自分の宮殿だけで過ごしていたときにはわからなかった人の想《おも》いもこうして感じることができる。獣人の特性はやっぱりすごいと思う。

『そうだな。フェイン様が獣人の特性によって得たものは大きい。真面目に訓練をしていることらとしては少しずるくも思えるくらいだ』

『はは。確かに、他の方が獣人の特性に目覚めていればもっと……』

続いた言葉に……ぱたん、とうさぎの耳が力なく横に垂れた。聴こえていた声も途切れてしまう。

なんとなく体の力も抜けて、浴槽のふちに体を預けた。

ずるい、という言葉が頭のなかをぐるぐると回って離れなくて、フェインはそっと目を閉じた。

「フェイン様、どうされましたか？　ご気分でも悪くされましたか？」

浴室から出ると、コリンナが着替えを持って駆け寄ってきた。コリンナが心配するほど、落ち込んでしまっていたようだ。

「ねえ、コリンナ。僕はずるいかなあ？」

「まあ。どなたかにそんなことを言われましたか？」

きらりとコリンナの目の奥が光った気がして慌てて首を横に振る。

ここで素直に誰かがそんなことを言っていたと告げたときには、過保護な兄さまたちに報告されて犯人探しが始まりかねない。

「違うよ。ちょっとそんなことを思っただけで」

「ずるくなどありません。フェイン様はあれだけ頑張って病と闘ってこられたのです。神様がご褒美をくださったのですよ。もし誰かがそのようなことを言っていたらこのコリンナに教えてくださいませ」

ご褒美。

神様はこのところ、フェインにご褒美を大盤振る舞いしすぎじゃないか。

獣人の特性が現れたことによって、体は丈夫になった。剣を振るうことも、馬に乗ることも無理だと諦めていたのに、今ではなんなくこなせるようになった。いや、なんなくこなせるはちょっと言いすぎた。けれど、訓練に参加できるようになっただけでも、フェインにとっては夢のような出来事だ。

うさぎの耳は離れた本殿での会話も聴こえるほど優れている。鼻も常人ではわからない匂いをかぎわける。目は最近、暗闇でもよく見えることを知った。

そのうえ、ずっと片想《かたおも》いだと思っていたアルベルとの婚約……。抱えきれないくらいの幸せがこれでもかと舞い込んで、フェインは一日中体がふわふわ浮いているように落ち着かない。

幸運なのはわかっている。

だからこそ、獣人の特性があるからずるいなんて言われないようになりたい。

その能力を使いこなして、誰かの役に立てるような人にならないと胸を張れない気がする。

こんなふうに力なくソファに座っているなんて情けない。

「フェイン様？」

急に立ち上がったフェインにコリンナが声をかける。

「ちょっと、僕……」

図書室にと言いかけた言葉がぴたりと止まった。フェインの耳がこちらへ向けて歩いてくる足音を捉えたためだ。

「……！」

慌てて、ソファに座りなおし居住まいを正す。足音の持ち主には、焦っているところも困っているところも見せたくない。

小さなノックの音が響いてコリンナが扉を開けに行く。

アルベル、と駆け出しそうになるのをぐっと堪《こら》えて……けれど笑顔になるのは止められなくて。

「フィ」

開けた扉からアルベルが姿を現すと、結局耐えきれずに駆け寄ってしまった。ふたりのときだけだった呼び名で堂々と呼んでくれるのが嬉《うれ》しくて……。少し恥ずかしくて。

「アルベル！」

小さいころからずっと好きだったアルベルと婚約してから二ヶ月。本当はすぐにでも結婚してしまいたかったけれど、フェインは王族だ。勢いで話を進めるわけにもいかなくて、結局はフェインが成人を迎えるのと同時にということに落ち着いた。

それでも婚約期間を二年、三年ととることが珍しくないことを考えれば異例の早さではある。フェインが成人を迎えるのは、年が明けてすぐ……半年後のことなのだから。

アルベルは以前より多くフェインに会いに来てくれる。

皇太子であるテムル兄さまの側近であるアルベルは次期宰相候補でもあり、いつも忙しい。それを考えるとフェインから訪ねていくことはなかなか難しい。こうしてアルベルが訪ねてきてくれるのをフェインは心待ちにしていた。

「フィ、すみません。今日はちょっと忙しくて……。顔だけでも見たくて寄ったのです」

「いいよ、来てくれるだけで嬉しいから」

アルベルはフェインをエスコートしてソファに連れて行ってくれる。ふたりで並んで座ると、コリンナがお茶の準備にと部屋から出て行った。

「訓練中に怪我をしたと聞きましたが、大丈夫ですか？」

気遣う言葉に、ここにも心配してくれる人がいると感じる。フェインの周囲は過保護気味だ。

「大丈夫だよ。もう治ったし」

「だといいのですが……。やはり、見習い騎士に混じっての訓練は時期尚早なのでは？」

その言葉にうさぎの耳がぴくりと動く。せっかく剣を握れるようになったのに、心配だからという理由で禁止されてしまってはたまらない。

「僕、楽しくて仕方ない。前は疲れるまで体を動かすことなんてできなかったでしょう？」

もしそうしたら、すぐに熱を出していたような体だ。今は動けるだけで十分だ。小さいころから剣を握っていた兄さまたちやアルベルには敵《かな》わなくても、みんなと同じことができるということだけで嬉しかった。

「フィ……。少しでも辛《つら》いと感じたらやめていいのですよ？」

こんなに楽しいと伝えても心配される。これから、本当に丈夫になったのだと訓練を通して見せていくしかない。

「今日は夕方にこちらへ来ることができないのです。それを謝ろうと」

婚約してからのアルベルは、政務が終わるころに会いに来てくれる。時間が合えば夕食をともにしたり、そのあとのんびり話したり……。コリンナが目を光らせていて、泊まるようなことはないけれど、恋人らしい距離にも少しずつ慣れてきた。

「そんな……。いいのに。アルベルは忙しいから」

本当は少し寂しい。けれど、結婚すればアルベルは毎日フェインのもとへ帰るようになる。

寂しいのはほんの少しの間だけだ。

「フィ。そこは嫌だと我儘《わがまま》を言ってくれていいのです」

アルベルの手がそっと頬に添えられる。口ではわかったようなことを言っていても表情にはでていたのかもしれない。それとも表情よりもよく動くうさぎの耳の方だろうか。

「でも……」

「そうしたら、慰めるためだと言ってフィにキスをする口実ができます」

近づいてきたアルベルの顔にフェインは真っ赤になって顔を逸《そ》らす。キスは……嬉しい。アルベルのキスならいつだって大歓迎だけれど……、困るのだ。

アルベルが近づいてきた瞬間から漂う甘い香り。

この香りがフェインをおかしくさせる。

「フィ、こっちを向いて?」

アルベルの声も甘く聞こえる気がする。フェインは慌てて首を横に振った。

「私から甘い香りがしますか?」

「……する」

恥ずかしすぎて両手で顔を覆ってしまう。

獣人の特性に、発情というものがある。好きな相手が近くにいれば、その相手の香りをすごく甘く感じて……その、あれだ。うん。おかしな気分になってしまう。

それが続くと、体がどんどん熱くなる。

最初にそうなってしまったとき、フェインはアルベルに助けを求めてしまい、人には言えないようなことを。

思い出すだけでもフェインの顔は真っ赤になった。それに合わせてアルベルから漂う甘い香りもさらに強くなる。

「フィが私を意識しているのだと思うと、私まで発情しそうです」

「……アッ、アルベルには獣人の特性はないし！」

「では、フィを見てキスをしたい、抱きしめたいと思うこの強い衝動は発情ではないのですか？」

婚約をしてから、アルベルはこういった言葉をさらりと言う。

そっと顔から手を放してアルベルの様子を窺《うかが》うとフェインを見る瞳は熱を帯びていて、本当に発情してしまっているようだと感じる。だからフェインは非常に困る。

だってフェインはアルベルが大好きだ。

その相手からそんな目で見つめられると抵抗することはできない。

思わず目を閉じてしまいそうになったとき、部屋の扉をノックする音が聞こえた。コリンナがお茶の準備をして戻ってきたのだ。

「は、はい！　どうぞ！」

不自然にうわずった声で答えてしまい、アルベルが小さく笑う。コリンナがすぐに戻ってくることはわかっていた。最初からフェインをからかいたかっただけなのかもしれない。

危ない。これは非常に危ない。

そう思ったフェインはそっとアルベルと体ひとつぶんの距離をとった。本当は反対側のソファに移動した方がいいのだろうが……離れたくない気持ちと葛藤《かっとう》した結果の距離である。

「アルベル様、フェイン様でお遊びになりませんよう」

ワゴンを押しながら部屋に入ってきたコリンナは、フェインがアルベルから少し離れていること、アルベルが楽しそうな表情を浮かべていることなどから今の状況を的確に把握したらしい。

「遊んでなどいませんよ。ただ、フィが可愛《かわい》くて」

「フェイン様が可愛らしいのは当たり前です」

コリンナは堂々とそう言って、お茶を用意し始めた。本気でそう思っていそうだというところがすごいと思う。

「フィ、今日はフィに渡したいものがあったのです」

アルベルの言葉に首を傾《かし》げると、アルベルは一冊の本を取り出した。

「フィのおばあさまの日記です」

差し出されたそれは、きちんと装丁されたものだった。個人の日記などは皮の表紙をつけることは滅多にない。それなのに、おばあさまの日記だというそれは茶色の皮の表紙に、縁には金の装飾もしてある立派なものだった。

「獣人の特性については私も勉強をしたいと思いまして、色々と資料を探していたのですがその中にありました。個人の日記ですが、フィが読むのなら先代王妃もお許しくださるでしょう」

「アルベルは読んでないの？」

「ええ。確認のために数ページだけは目を通しましたが、それだけです。フィが読んで、私にも見せたいと思ったらそうしてください」

差し出された日記をそっと受け取る。

皮の表紙を開いてみると、最初のページにはおばあさまの名前があった。女性らしい流れるような文字を指で辿《たど》って、フェインはほうっと息を吐く。

「おばあさま……」

できれば、会って話したかった。

フェインの周囲に獣人の特性を持った人はいなくて、能力については手探りでしかわからない。それがどれほどもどかしいものか。

きっとおばあさまも同じような思いをしていたに違いないのだ。

そうっとページをめくると、その日記が結婚式の数日後から始まっていることがわかった。

最初の言葉は、

『やっと終わった。疲れたわ』

ページいっぱいに大きく書いてある文字。

どうやら結婚関連の儀式がひと段落して、落ち着いたところらしい。もっと堅苦しい文から始まるものだと思っていたのは、装丁があまりに立派だったためだろう。

ずっとこんな調子なのかな、と思って数ページ先をめくってみる。

『うさぎだからってみんなにんじんばかり！　にんじんなんてこの世からなくなればいいのに！』

そこに書いてある言葉を読んで、この日記はずっとこんな調子だろうと確信を持った。

「先代王妃は、自由な方だったと聞いています。フィもあんまり頑張らなくていいのですよ」

アルベルの言葉に、それを言いたくてこの日記を持ってきたのかと思う。

確かにフェインはこのところ、勉強に訓練にと忙しい。そのうえ、アルベルとの結婚の準備もある。

「これを読んで、少し肩の力を抜くぐらいがちょうどいいのです」

アルベルが頭を撫《な》でてくれて、フェインは頷《うなず》きそうになる。けれど、慌てて首を横に振った。

「ありがとう、アルベル。僕、この中に能力についてどんなことが書いてあるのか調べてみるから」

「フィ……」

アルベルが心配そうに見つめるのは、体の弱かったころのフェインをよく覚えているからだろう。

何度丈夫になったのだと言ってもこれだ。もう心配癖というものがついてしまっているのかもしれない。

「無理はしないでくださいね?」

「アルベルもね」

目を合わせてお互いに笑う。

アルベルに心配されるだけでなく、こうしてアルベルの心配もできるようになったことが本当に幸せだと思った。

アルベルが部屋を出て行って、残されたフェインはおばあさまの日記にじっくり向き合うために寝室に移動した。誰も出入りをしない部屋でゆっくり本と向き合うのはフェインにとってとてもくつろげる時間だ。

背もたれの大きなひとりがけのソファに座って日記のページをめくると、最初に書かれていた大きな文字が嘘《うそ》のように丁寧な可愛らしい文字が並んでいる。肖像画で見たおばあさまのイメージどおりの字なのに……書いてある内容は、可愛らしさとはかけ離れていた。

乗馬がしたくておじいさまの侍従の服をこっそり借りた話。にんじんだらけの食事に嫌気がさして自分で料理をした話。それから、本殿の屋根の上から見る星の話。

どれもが王妃の日記とは思えない内容だ。

もともとおばあさまは貴族の庶子で、市井《しせい》で育った期間が長かったせいもあるのだろう。驚くようなことばかりだけれど楽しさだけは伝わってきて、いつのまにかフェインは日記に夢中になっていた。

「あれ……？」

ページをめくる手が思わず止まったのは、おばあさまが市場に出かけたという内容を読んでいるときだった。一緒にいた侍女と姉妹だと思われた話が書いてあるのだが……。

「おばあさま、大丈夫だったのかな？」

王妃がお忍びで出かけるということにも問題はありそうだけど、それより前におばあさまには白いうさぎの耳があった。

フェインもそうだからよくわかるけれど、この耳はなかなか隠せない。帽子はもちろん無理だし、よく動くのでフードを被《かぶ》ってもすぐにめくれてしまう。

城の中ではみんながフェインのことを知っているから、うさぎの耳に驚いたりはしない。けれど、この姿のまま街へ出れば……その珍しさからすぐに人が集まってきそうだ。

この日記を見るかぎり、そういった記述はなくてただ普通に市場を楽しんでいるように思える。

一度、前のページに戻ってみるが特に耳を隠したようなことは書いてなくて……。

何か見落としたことがあるだろうかと考えていると、はらりと日記の間から白い紙のようなものが落ちた。慌てて拾うと、それはしおりだった。緑の草を押し花にしてある、なんてことないしおり。

「……？」

親指の先くらいの丸い葉を持つその草には覚えがあった。

熱を出したとき、よく飲んでいた熱さましの薬草に似ている。薬草園でこれがフェインを助けてくれるものだよと教えてもらったからよく覚えている。

うまく押し花にしてあるようで草の緑色も失われていない。熱さましの薬草は保存がしやすく、この緑の色が失われないかぎりはいつまでも使える。

「でも……」

あの薬草は、ツンと鼻に来る匂いが特徴だった。獣人の能力がなくてもわかるほどの匂いだ。このしおりの草も確かに同じような匂いが残っているのだけれど……。

「少し、甘い？」

年数が経《た》っているからかもしれないが、ツンと鼻に来る匂いの中に甘い香りが混ざっているような気がする。

しおりを裏返すと、おばあさまの字で『非常用』と書いてあった。

非常用？

つまり、このしおりはおばあさまが何かに使うためにとっておいたもの。

すこぶる元気な人のようだし、熱が出るときのためにとっておいたとは思えない。

「フェイン様、そろそろ夕食の時間です」

コリンナの声にフェインはハッとして窓の外を見た。もう日がずいぶん傾いている。

「もう少し……」

「いいえ。そのお言葉は十回ほど聞きました。日記をご覧になるのは、また明日になさってください」

明日！

明日までとなると、夕食を食べてお風呂に入って着替えて寝なければならない。

非常用と書かれたしおりの謎もわかってないのに明日までなんて待てるはずもなくて、フェインはそっと日記を背中に隠す。

「フェイン様」

コリンナが手を伸ばしてくるのはその日記を渡せと言っているのだろう。

「あの、えっと……これには、色々書いてあって」

「そうでしょうね」

「このしおりの謎も解かないと！」

フェインがしおりを差し出すと、受け取ったコリンナは匂いを嗅いで首を傾げた。

「熱さましの薬草ですね。非常用と書かれているのは、熱が出てしまったときに使うためでは？」

「え、でもそれ少し匂いが違うよ？」

フェインの言葉にコリンナはもう一度匂いを嗅いで、首を横に振った。

「違いません。このツンとくる匂いは熱さましの薬草に間違いありません。私がどれだけこの薬草を取り扱ってきたと思ってらっしゃるのですか」

確かに小さいころからよく熱を出していたフェインはこの薬草に何度もお世話になった。そのほとんどをコリンナが用意したはずで……。ひょっとしたら城の医師よりこの薬草を多く扱ってきたかもしれない。

「でも、少し甘い匂いが混じってない？」

「いいえ。いつものものと変わらない匂いですよ」

そう言ってコリンナはしおりになっている薬草の葉をひとつ手にとった。それをおもむろに口に入れてしまったものだから、フェインは驚いて目を丸くする。

「……味も変わりありません。熱さましの薬草です」

「匂いが違うって言っているのに、急に口に入れるなんて！」

慌ててコリンナに近づいて様子を見るけれど、変わったところはどこにもない。熱さましの薬草は健康な人が口にしても無害だ。それならばこれは本当にただの熱さましの薬草なのかもしれない。

「好奇心に負けてフェイン様がこっそり口にされるよりは、はっきりさせておいたほうがよろしいでしょう」

コリンナの言葉にフェインはおかしな表情になった。

だって、夜の間中、この非常用と書いてあるしおりの謎で悩んでいたら……コリンナの言うようにこっそり試していたかもしれない。そんなことになるよりは、とコリンナは身を挺《てい》して試してくれた。熱さましの薬草だと思っていても、万が一ということがないとも限らないのに。

しおりになっている草にはまだ丸い葉が三つ残っている。コリンナは匂いも味も熱さましの薬草と変わらないと言っていた。フェインも試してみようとひとつの葉を手に取ってみる。

「フェイン様、洗ってきますので」

「コリンナはそのまま……」

「あれは向こうに持っていって、別のものとすり替えたと思われないようにです」

そこまで疑いはしないけれど……。フェインは手にしていた葉をコリンナに渡す。コリンナはそっと受け取って部屋から出て行った。

コリンナが戻ってくるまで……と、日記を読むことに戻ろうとしていたけれど、すぐにコリンナが戻ってきたので手を止めた。

「……え？」

フェインが声をあげたのは、持って行った小さな葉が白い皿に載せられていたことだけではない。その皿には同じような葉が全部で五つあったからだ。

「フェイン様は匂いが違うとおっしゃいましたが、この中で区別がつきますか？」

おそらく、持っていったひとつ以外のものは普通の熱さましの薬草なのだろう。

フェインはぎゅっと眉を寄せて白い皿に載る五つの丸い葉を見つめる。

形や色はそっくりだ。けれど、違うのは匂い。嗅いでみればわかると皿を手に取って鼻に近づけてみる。

「……あ、やっぱり違うよ」

思ったより簡単に違いを嗅ぎわけることができた。むしろ、こうして熱さましの薬草と並べることによって、はっきり違いがわかった気がする。

甘い香りが混じるそのひとつを手に取ってフェインはぱくりと口にした。

味は……薬草特有の苦みが少し。これは熱さましの薬草と変わらない。

少し匂いが違うだけで、やっぱりこれは熱さましの薬草だったのかと思い始めたとき、コリンナが大きく目を見開いているのに気がついた。

「……フェイン様っ！　なっ、なんということでしょう！　みみみみっ、みみみ？」

ことりと首を傾げて……フェインはあれ？　と疑問を持った。

何かが違う。こうやって首を傾げたときにはふわりとふれるうさぎの耳があったのに。

「あんなに可愛らしい耳がっ、消えて……っ！」

コリンナの叫びにそっと頭に手をやると、そこにあるべきものがないことに気がついた。いや、本来あるべきものではないのだけれど、フェインにとってはその存在はもう慣れたものでで……。

「えええっ！」

慌てて自分の頭をペタペタ触ってみるが、ない。

フェインの頭に生えていたはずのうさぎの耳がない。

「かっ……鏡っ。コリンナ、鏡持ってきて！」

「かしこまりましたあっ！」

コリンナが走って行くのを見ながら、フェインは何度も自分の頭を触っていた。

「心配ない。先代王妃もよく耳を消していた」

父さまの言葉に、フェインは何度も目をぱちぱちさせた。そんな話は聞いていない。そもそも耳が消せるものだなんて発想もなかった。

フェインの宮殿の応接室。普段はあまり使わない部屋だけれど、今はフェインとアルベル、そしてその向かいに父さまが座っている。フェインの部屋にあるものよりひとまわり大きなソファは、父さまが座ると小さくさえ思えた。

夕食のあと父さまがフェインの宮殿まで来てくれたのは、うさぎの耳が消えたことを広めない方がいいということもあったけれど、この城でおばあさまのことをよく知っている人が父さまだけだからだ。

おばあさまは父さまが王位を継いだあと、地方の別荘に移って余生を送った。古くからいる侍女や側仕《そば》えたちはそのときに一緒に移動してしまって城には残っていない。おばあさまがいなくなったあとは、ほとんどが引退してしまい城へ戻ってくる者はいなかった。

「公にはされていなかったことだ」

耳が消えて最初こそ混乱したが、落ち着いてみるとうさぎの耳以外の獣人の特性は消えていなかった。

アルベルが駆けつけてくれて冷静にひとつずつ能力を確認していってくれるうちに落ち着いていった。それがなければ夕食は喉を通らなかったかもしれない。

今まで通り遠くの音も聴こえるし、鼻もよく利く。うさぎの耳を塞ぐと遠くの音は聴こえなくなったりしていたので、能力はうさぎの耳にあるものだと思っていたけれど、よく考えれば鼻や目は人のままなのだ。フェインがわかっていない獣人の特性はまだたくさんあるようだ。

アルベルはずっと隣で手を握っていてくれて……それだけでフェインはずいぶん心強かった。

「おばあさまは、うさぎの耳を自然に消せるようになったの？」

「いや……。薬草が必要だと言っていたな。私が物心つくころにはあまり使わなくなっていたから、詳しくは知らないのだが」

「薬草……！」

心当たりはひとつしかない。

熱さましの薬草によく似た、しおりの草。

「これ……」

改めて手に取って匂いを嗅ぐと、やっぱり少し甘い匂いが混じっている。これがおばあさまのうさぎの耳を消すために使われていたとすれば、日記に挟まっていたことも『非常用』と書かれていたことも説明がつく。

「熱さましの薬草ですか？」

アルベルの問いに首を横に振る。

「似ているけど、匂いが違うよ」

そう言われたアルベルが匂いを嗅いでみるけれど、やはり違いはわからないらしい。

「調べてみましょう。預かってもかまいませんか？」

「うん。僕は、おばあさまの日記をちゃんと読んでみる」

もしかしたら、このしおりについて詳しく書いてあるかもしれない。そうでなくても、手がかりくらいはあるはずだ。

「先代王妃が耳を消したときは、早くて半日。遅くとも一日経てばまた耳が戻っていた。フェインの耳もじきに戻る」

父さまの大きな手がフェインの頭を撫でてくれて、フェインはやっと笑顔を浮かべることができた。


翌朝、フェインは寝不足だった。

夜着には着替えていたものの、寝台には入っていない。背もたれの大きなひとりがけのソファで少し微睡《まどろ》んだが、夜通しおばあさまの日記を読んでいた。

うさぎの耳を消してしまったしおりの草のことを考えると眠る暇も惜しかったというのが正しい。

普段ならば目を吊《つ》り上げて怒るコリンナも、フェインのうさぎの耳が消えたこととの原因を探るためならばと大目に見てくれたので助かった。

ひとりがけのソファの横にある小さなテーブルはフェインの書いたメモでいっぱいになっている。あとで整理しなければいけないけれど、と思いながらフェインは一番上にあるメモを手にとった。

そこには『耳消し草』と大きく書いてある。おばあさまは、あのしおりの草のことを『耳消し草』と呼んでいたようだ。確かにうさぎの耳だけ綺麗に消えるのだから、その名前で間違ってはいないけれど、もう少しいい名前があったのではと思う。

「おばあさまが余生を送った別荘か……」

国境となる山脈の麓。そこだけぽつんと小さな王領がある。おばあさまが好きだった場所で、父さまも小さいときに何度かそこに訪れたことがあるという場所だ。

そこは熱さましの薬草の原産地ではないかとも言われているらしく、姿も似ていることから、耳消し草は熱さましの薬草の亜種ではないかと考察してあった。

熱さましの薬草とおばあさまの耳消し草の違いがわかるのは、やはりおばあさまだけだったようだ。少しだけ混ざる甘い匂いをかぎわけるためには獣人の特性がないと難しいのかもしれない。

もっと近くにないか、根ごと持ってきて育てられないか。日記によると、おばあさまは耳消し草について試行錯誤していたようだ。

結局は他で見つけることも、育てることもできなかった。耳消し草がなくなると国境近くのその場所まで取りに行っていたようだ。

最後は耳消し草の近くで余生を送ったおばあさま。

おばあさまはうさぎの耳が好きではなかったのかな？

フェインにとってうさぎの耳は、いろんな幸運を運んできてくれたものだった。男なのに可愛いと言われることだけが欠点だけれど、それを除けばいいことばかりだ。

嫌いになんてなれない。

獣人の特性があるからこそ、未来が見えた。

おばあさまは獣人の特性が現れて王妃となった。日記を読んでいる限り、王妃としての生活はおばあさまにとって窮屈なものだっただろう。耳消し草はおばあさまにとっての救いだったのかもしれない。

しおりに残った葉はあとふたつ。

耳消し草のことについてもっと知りたいと思う。

はっきりとした効能もわかっていない、熱さましの薬草によく似たそれを見わけられるのはフェインだけ。

しっかりしなければ、と手を握りしめる。

早く獣人の特性の能力を把握して制御できるようになりたいと気持ちは焦る。けれど、耳消し草を調べることはひとつの手がかりになるはずだ。

そうしていつか人の役に立てるようになれれば……。

何もできない、お荷物の第三王子ではなく、きちんと自分にしかできないことを見つけて自分の足で立ちたい。

いつの間にか、頭にうさぎの耳が戻っていてほっとする。

ふわふわの耳に触っていると、元気も一緒に戻ってくる気がした。


快晴、といっていい空だった。

フェインは馬車に揺られながら、おばあさまの日記の表紙にそっと手を置く。

耳消し草の存在がわかってから一週間。

フェインは耳消し草の生息地でもあるおばあさまの別荘に向かっていた。

二頭立ての小さめの馬車にしたのは、あまり目立たないようにするためである。それでもフェインの乗る馬車の他に荷馬車が二台ある。それに馬に乗った護衛の騎士六人が馬車の前後を固めているのだから、貴族の移動だとは思われているだろう。

獣人の特性が現れた証《あかし》でもある、フェインのうさぎの耳を消すことができる薬草。そんな存在があると知って、じっとしていられなかった。

どうしてうさぎの耳を消すことができるのか。耳消し草はどういった場所にあるのか。

おばあさまが過ごしていた別荘には、当時を知る人がまだ残っている。その人たちの記憶にあるおばあさまの話も聞いてみたい。

成人までの間に学ばなければならないことは多いし、やることは山積みだけど、それでも行きたいという気持ちを抑えられなかった。

フェインの乗る馬車には向かいにセイラが座っている。コリンナも来たがったけれど、ちょうど長男のお嫁さんの出産が近いということで王都を離れられなかった。馬車で二日ほどの距離とはいえ、向こうでの滞在日数は決めていない。

「フェイン様！」

セイラが弾んだ声で窓の外を指さす。

フェインがそちらを見ると、ちょうど馬に乗った騎士がひとり近づいてくるところだった。とはいえ、その騎士はアルベルなのだけれど。

芦毛《あしげ》の馬に乗るアルベルはいつもと違って、乗馬用の丈の短い服を着ている。深い紺色の外《がい》套《とう》が、馬の走るのに合わせて揺れるのが格好いい。

「アルベル！」

慌てて窓を開けると、風が吹き込んできてフェインのうさぎの耳が揺れる。

「こんなに長い間、馬車に乗るのは初めてでしょう？　気分はどうですか？」

確かにもう王都を出て半日ほどが過ぎている。以前のフェインはそんな距離の移動もできなかった。

「大丈夫！　僕も馬に乗りたいくらい！」

元気よく答えると、アルベルが笑顔を浮かべた。

同行すると聞いたとき、忙しいアルベルは本当に一緒に行けるのかと不安だった。

かなり無理をしてくれたことは間違いない。それは申し訳ないけれど、初めての遠出にアルベルが一緒ですごく嬉しいというのが正直な気持ちだ。

同行することが決まって、アルベルはレペ兄さまにフェインの馬車に同乗しないという約束をさせられたらしい。レペ兄さまによれば馬車はよからぬことをするのに最適な場所だという。

セイラもいるし、さすがにそれはないと思うけれど、アルベルがずっと隣にいたら……フェインの方が甘い香りに誘われて大変かもしれない。

でも、これも悪くない。馬に乗る格好いいアルベルをいつでも眺めていられるのはフェインにとって嬉しいことだ。

「よかった。では予定どおり、街には寄らずに進みましょう」

王都から馬車で半日のこの距離には中規模の街がある。フェインの体調を見て、辛ければそこで一泊すること、そうでなければ一気に距離を稼ぐということは事前に打ち合わせていた。

もちろん、フェインは街で一泊する気などなかった。できるだけ早くおばあさまの別荘に行きたくて仕方なくて、泊まるべきだというレペ兄さまたちを説き伏せたのはフェイン自身だ。

「夕方にはグラウ伯爵邸に着きますので、それまでに気分が悪くなったらすぐに言ってください」

「わかった！」

そう約束して窓を閉じる。

まだ色々と話をしていたかったけれど、王都を出ればフェインはあまり顔を出さない方がいいようだ。

獣人の特性が現れた第三王子の話は、もちろんすぐに国中に広まった。

隠しようのないこのうさぎの耳を目撃されれば、王子であることがすぐに露見してしまう。そうなると警備の面でも困ることが多いらしい。

今日、宿泊する予定のグラウ伯爵邸はアルベルの父の弟……つまりは叔父さまにあたる人の家だ。フェインも昔、会ったことがあるが、実直で小さなフェインにも格式ばった挨拶を崩さないような人だった。

今回は大きな街道を通らないお忍びのような旅だ。あまり知られないようにするためと、安全との両方を考えて、グラウ伯爵領を通って行く道筋がとられた。

父さまもグラウ伯爵ならば安心だと言っていた。それだけ信頼できる人なのだろう。

グラウ伯爵邸に着いたのは、日が沈みかけるころだった。予定通りの日程で進めたことにほっとする。体が丈夫になるということはやっぱり、すごいことだと思う。

出迎えてくれたグラウ伯爵は父さまと同じくらいの年齢だ。少し白いものが混じり始めているものの、アルベルと同じ髪の色で、目元がよく似ている。アルベルはアルベルのお父さまよりこの叔父さまの方に似ているかもしれない。

「ようこそお越しくださいました。我が家にお立ち寄りくださいましたこと、光栄でございます」

深く頭を下げるグラウ伯爵に、そこまで頭を下げなくてもと駆け寄りたくなるのを必死で耐える。ここは挨拶の場面だ。鷹揚《おうよう》に頷きながらも、感謝の意を述べて……。

「挨拶って難しいよ……」

心の中で呟いたつもりが、声に出ていて慌てて口を押さえる。それからこほん、と咳《せき》をして呟きをなかったことにした。王族が咳払いすれば、すべてなかったことになると教えてくれたのはレペ兄さまだ。ずいぶん嘘くさい話だが、ここはそれを信じるしかない。

「グラウ伯爵、歓迎に感謝いたします。アルベルと結婚すれば、グラウ伯爵は私にとっても親戚となる方。どうぞ、気軽に接してください」

後ろでアルベルが笑いを堪えている気配がする。咳払いがレペ兄さま仕込みということが伝わってしまっただろうか。

それでも型通りの挨拶を終えて、部屋に案内されるころには少し緊張も解けてきた。アルベルにどこか似た面差しを嫌いになれるわけもない。

「では何か御用がありましたらお知らせください」

グラウ伯爵と別れて、フェインはソファの上でほっと息をつく。

「動いてない……」

それがこんなに安心できるものだとは思っていなかった。いくらフェインのために用意された揺れの少ない馬車とはいえ、一日中乗っているとおかしな感覚が抜けないままだ。

「フェイン様。お茶をご用意いたしますね。お待ちくださいませ」

きびきびした動きで少しも休まないセイラは、フェインよりもずっと元気だ。持ってきた荷物を片づけ、お風呂の用意を指示し、今はお茶の準備に動いている。

扉がノックされても、一番に動くのはセイラ。彼女は護衛の騎士たちくらい、体力があるのじゃないだろうか。

「アルベル様がお見えになられましたが、お通ししても？」

「もちろん」

フェインが声をあげると、扉が大きく開かれてアルベルが入ってくる。

ずっと馬に乗っていたはずのアルベルだけど、疲れた様子はない。紺色の外套を脱いでしまっているのは残念だけど、剣を腰につけているのは城ではあまり見かけない姿だ。

「フィ。気分はどうですか？　夕食ですが、こちらへ運ばせようかと……」

「大丈夫！　行きます」

グラウ伯爵邸には一泊しかしない予定だ。そのたった一度の晩餐《ばんさん》に出ないわけにはいかない。

「無理はしなくていいのですよ」

アルベルがそっとフェインの顔を覗《のぞ》き込む。こうして体調を心配されるのは、小さいころから続く習慣のようなものだけど、獣人の特性が現れたフェインにとっては過保護すぎる。

「してないよ」

「本当に？」

元気だ、と見せるために勢いよく立ち上がると、アルベルは大げさなくらいの動作でフェインの全身を眺めて頷いた。

「では、私がエスコートしても構いませんか？」

差し出された手が嬉しくて、満面の笑みでその手を取る。

これが晩餐でなくて舞踏会だったらもっと良かった。婚約者となってから、まだアルベルと一緒に舞踏会に出たことがない。

幼馴染《おさななじ》みの弟ではなく、王子としてでもなく……アルベルの婚約者としてエスコートを受けられるのだということに心が弾む。

「後ほど迎えに来ます」

手の甲にそっと唇を落とされて、フェインは真っ赤になった。

晩餐は和やかなものだった。

参加しているのも、グラウ伯爵夫妻とアルベルとフェインだけだ。グラウ伯爵には息子と娘がひとりずついるが、息子は王都に住んでいてこちらにはおらず、娘はすでに結婚して家を出ているそうだ。

息子の不在を謝られたが、むしろフェインの方が謝りたい。急に決まったことだし人目につかないためにグラウ伯爵には色々と手配を頼んだと聞いている。

最初は緊張していたフェインも徐々に気持ちが落ち着いていく。

言葉が少ないグラウ伯爵もお酒が進むにつれて饒舌《じょうぜつ》になり、メインの料理が出てくるころには声をあげて笑っていた。

「アルベルは一体、いつから殿下に想いを寄せていたのだ?」

「さあ。もう忘れるくらい昔からですよ」

「侯爵家を出ると聞いたときには驚いたが、なるほどなあ」

アルベルを見る目はとても穏やかだ。アルベルが生まれたときはまだ侯爵家に住んでいたというから、そのころを思い出しているのかもしれない。

「失礼いたします」

執事と思われる男がグラウ伯爵にそっと何かを耳打ちするのが見えた。晩餐の途中にわざわざ告げるのだから、よほどのことだ。

フェインのうさぎの耳がぴくりと動く。こういうのは聴いてはいけないことなのだろうけれど、耳が勝手に拾ってきてしまった。

『お坊ちゃまが、急遽《きゅうきょ》お戻りに……』

『いかん。殿下がここにいらっしゃることは内密なのだ。屋敷にも入れるな。追い返せ』

グラウ伯爵は、お忍びの旅だと聞いて息子にもフェインたちの来訪を隠していたらしい。

思わず、窓の外を見る。晩餐もメインが終わるような時間だ。外は真っ暗なのに、こんな時間に自分の家にも入れないなんて。

「あのっ、僕のことならかまわないので！」

気がついたら声をあげていた。

グラウ伯爵が驚いたようにフェインをみつめる。

きっと誰にも聞こえないくらいの小さな声だった。口元も見えないように隠していた。フェインに内容がわかるなんて思っていなかったにちがいない。

「……申し訳ございません。殿下の能力をすっかり失念しておりました。どうぞお気になさらずに。我が息子はこれくらいのことで気を悪くしたり致しません」

グラウ伯爵の言葉は嘘だ。

だってフェインの耳には先ほどから伯爵邸の前で『入れないとはどういうことだ』と騒いでいる男の声が聴こえている。

「あの、ですが大きな騒ぎになる前にお屋敷に入って説明なされた方が……。グラウ伯爵のご子息でしたら、僕も挨拶したいと思いますし」

大きな騒ぎ、の言葉に執事が戸惑った顔になる。

グラウ伯爵の息子が騒いでいることはまだ伯爵に伝わっていない。フェインがそれを知っているということは、伯爵邸の前で起きている騒ぎを、能力を使って知ったのだと理解したのだろう。

「馬鹿息子は門の前で騒いでいるのか？」

グラウ伯爵の声が低いものに変わる。表情もどこか強張《こわば》っている。執事が頷くのを確認すると、グラウ伯爵は大きく息を吐きだした。

「申し訳ございません、殿下。よかれと思って伝えずにおりましたことが裏目に出てしまいました。息子にはよく言って聞かせます」

「あの、ご自分の家に戻られただけなので……何も悪くないですから」

「いいえ。物事を察することができないのは貴族として致命的です。あれは出世も望めないでしょう。殿下にご挨拶などとんでもない。騒ぎになることは望みませんので、屋敷には入れますがどうぞ捨て置いてくださいませ」

「叔父上……」

　アルベルが立ち上がろうとしたのを、グラウ伯爵が止める。

「殿下、デザートは別の部屋に運ばせますのでどうぞそちらでゆっくりなさってください。無作法ではございますが、私はこれで失礼させていただきます」

　伯爵は厳しい表情のまま、部屋を出て行ってしまった。夫人は残っていたけれど、明らかに心配顔だ。

「どうぞ、夫人も行かれてください。心配でしょう？」

「いえ、ですが……」

「叔母上、こちらはいいのです。フィも疲れていますから部屋に戻ってゆっくりさせていただきますので」

　フェインに続いてアルベルも言葉を繋《つな》げたことで、夫人はようやくグラウ伯爵を追っていった。あんまり揉《も》めないといいけどと思う。

　突然やってきたのはフェインだって同じだ。自分の家に戻ってきただけのグラウ伯爵のご子息が怒られるのは申し訳ない。

「叔父夫婦が申し訳ありません」

　アルベルが席を立って、フェインに手を伸ばす。その手を取って立ち上がると、アルベルはフェインを連れて歩き始めた。

「僕が泊まっているから、ご子息が家に入れないというのならこっちが謝らないと」

「フィ。たとえ親子の間柄でも、先ぶれは必要です。一緒に暮らしていたって、帰る連絡くらいはしますすよ。礼儀を守れない人間に気を遣う必要はありません」

見上げた顔はフェインがよく知るアルベルの顔じゃないようだ。少し冷たい感じもして戸惑ってしまう。

「アルベル……」

「すみません。フィの前でする話でもないですよね。部屋まで送ります」

そう言って笑う顔はいつものアルベルに戻っていて、フェインはほっと息を吐いた。


「やっぱり、僕が突然来ちゃったのが悪いのに……」

ソファの上でクッションを抱えたフェインはぽつりとつぶやく。

「いいえ。フェイン様。これはグラウ伯爵の問題です。親族が王族の泊まっている家の前で騒ぎを起こすなんて恥ずかしい」

セイラがキッと眉を吊り上げる。言い方がコリンナによく似ていると思うのは気のせいじゃないだろう。

「でも、よくしていただいているのに」

晩餐はフェインの好物が多かった。病弱であまり表に出てこなかった第三王子の好物なんて調べるのに苦労したはずだ。

それに用意された部屋も、カーテンや寝具が新しい。突然決まった宿泊なのに、これもフェインのために用意されたのかと思うと本当に申し訳ない。

「ですがフェイン様……」

セイラが何か言いかけたとき、それに被さるように怒鳴り声が頭に響いた。

『全部聞こえた？　気味が悪いな』

その声の大きさと内容に、フェインはびくりと体を竦《すく》める。

『なんという口のきき方だ！』

もうひとつ聴こえた声は、グラウ伯爵の声。そうすると、最初の声は帰ってきた息子の声だろうか。

『獣人の特性なんて、薄気味悪い。あんな遠くの声がわかるだって？　今も盗み聞きしているのか？　陰口も不敬にあたるのか？』

『お前という奴《やつ》は……！　今すぐここから出ていけ！』

『ああ、そうするよ。そんな化け物じみた能力を持つ奴がいるって聞いて、静かに眠れやしない』

罵る声がすぐそばで聴こえるようで……フェインは体を固くして、ぎゅっとクッションを握りしめる。

気味が悪いなんて、城で言われたことはなかった。

でも、よく考えてみればそう思う人がいてもおかしくない。

「フェイン様、お顔の色がよくありません。もう、横になられますか？」

「だ、大丈夫」

声を出すと、聴こえていた音が途切れた。繋がっていた何かがぷつりと切れたようだ。

「……セイラは、獣人の特性をどう思う？」

「獣人の特性ですか？ フェイン様のお耳はとても可愛らしいです」

その言葉に、体の力がふっと抜けた。

改めて、フェインはこうして守られているのだと思った。

病がちだった小さいとき、フェインのことをお荷物王子だという人もいた。けれど、いつしか城にそんなことを言う人はいなくなって……。

「僕は幸せだね」

獣人の能力をずるいと言われて落ち込んだけれど、本当はもっとひどいことを言われる可能性もあった。いくら獣人の特性を持つ者が大切にされる存在だとはいえ、その能力や容姿をすべての人が受け入れられるわけではない。

「あら。のろけですか、フェイン様」

「違うよ。僕は、知らないところでも守られているなって思っただけで」

城で悪意のある言葉は聴こえてこなかった。それがどれだけ幸せなことか今まで気づかなかった。

「それは、みんなフェイン様が好きですから！」

セイラが笑って、フェインもつられるように笑顔になる。

そう。城の中ではみんながフェインに好意的だ。そうなるように父さまや母さま、兄さまたちが気を配ってくれているから。

みんながフェインを好き……それにどれだけ自分が守られていたか。

優しく守られているその場所ではわからなかったこと。世界にはフェインの知らないことが溢《あふ》れているのかもしれない。

ふと窓の外を見ると、王都よりずっと深い暗がりが広がっているような気がした。

けれどそれはただの暗闇ではない。

怖いことや知りたくないこともあるけれど、それはもともとそこにあった。フェインの目や耳を塞いで傷つかないようにしてくれていた人たちがいたというだけのことだ。

「ありがとう」

ぽつりと声が漏れる。

体の弱かったフェインに、ただ病と闘うことだけを考えられるように。希望をいつまでも持てるように支えてくれた大切な人たち。

元気になれてよかったと思う。その想いに気がつけてよかった。

これからはフェインが返していく番だ。決意を込めて両手を握ると、うさぎの耳がぴょこんと跳ねた。

翌日は日が昇る前の出発となった。

昨夜はなかなか寝つけなかったフェインだが、こんな暗いうちから外に出ることは滅多になくて、その特別感に少し気持ちがはしゃぐ。

見送りに来てくれた人々の中にグラウ伯爵の息子はいなかった。声も聴こえないから昨夜、本当に屋敷を出てしまったのだろう。『出ていけ』と言わなければならなかったグラウ伯爵に申し訳なくて……。けれど、謝ってしまうことはその会話を聴いていたことを告げるようで、何も言えない。

「ぜひ、またいらしてください。次はアルベルの小さいころの話でも致しましょう」

おばあさまの別荘で耳消し草がみつかれば、きっとフェインは何度もこの道を行き来するだろう。けれど、今回のように迷惑をかけることになるならば……。

「フィ、また来ると言ってあげてください。叔父に挽回《ばんかい》の機会を」

アルベルに耳うちされて、フェインは慌てて頷いた。気まずいのはフェインだけじゃない。

このままフェインがグラウ伯爵邸に来ることがなくなればグラウ伯爵の方が困るはずだ。

　城の中では父さまや兄さまたちもいて……、フェインの立場はそれほど重いものではなかった。けれど、外に出ればフェインより上の者はいなくなる。

　フェインの言動ひとつで立場を悪くしたり、もっと言えば人生を変えてしまうことだってありえる。

「はい。また寄らせてください！」

　できるだけ明るい声で言うと、グラウ伯爵がようやく表情を緩めてくれた。


　王領へと入り、別荘が近づいてくるとフェインは窓を大きく開けた。

　国境となる大きな山脈が間近に見える風景に何度も目をぱちぱちさせる。自然が多いせいか、入り込んでくる風が王都とは違う。大きく吸い込むと澄んだ空気が体中を巡っていくようだ。

　今、フェインの頭にうさぎの耳はない。

　馬車の中へ入り込んでくる風がうさぎの耳を揺らさないことに違和感を覚えてフェインは頭に手を伸ばした。

　昼食の休憩のとき、耳消し草を使った。

　午前のうちは伯爵領を通るが、午後は隣接する男爵領を通って王領へ向かうことになっていた。男爵領の治安が悪いということではないが、中央政権から遠い人物であるために今回は情報を伏せてあった。

それに王都から離れた地域では獣人の特性を持つ者が珍しく、どんな危険があるかわからない。耳消し草を使うことは城を出る前に決めていたことだ。そこまでする必要はあるのかなと思っていたけれど、昨夜のグラウ伯爵邸でのことを考えれば必要なことだったのかもしれない。

「フェイン様、寒くはありませんか？」

セイラがブランケットを用意するが、フェインは大きく首を横に振る。

「大丈夫だよ。寒くない」

夕暮れ前の空は晴れ渡っていて、まるでフェインを歓迎してくれているみたいだ。

「フェイン様、見えましたよ！」

セイラの声に身を乗り出すと、遠くに赤い屋根が見えた。

別荘とはいえ、獣人の特性を持つおばあさまが過ごした地だ。そこは小さな城のような造りだった。三角のとがった屋根がいくつも並ぶ棟に、石造りの城壁まである立派なものだ。

「敷地内には湖もあるそうですよ。とても澄んだ水で綺麗なのだとか」

フェインに同行することになって、セイラはこの別荘についてセイラなりに情報を集めてくれていたのだろう。城の使用人の中には、この別荘に来たことがある人もいるはずだ。

「珍しい魚もいるらしいですよ」

「どんな魚？」

「えー……っと、虹色にキラキラ光る魚で……！」

「ほんとにそんな魚いるの？」

「湖の主らしいです！」

セイラは自信をもって言うけれど、虹色の魚なんて聞いたことがない。必死に別荘の情報を集めるセイラを誰かがからかったのかもしれない。

けれど、そんな魚がいてもおかしくないと思えるほど、この場所は自然に溢れている。


「ようこそいらっしゃいました。まさかもう一度この目で獣人の特性を持った方を見ることができるとは……」

別荘の門をくぐりぬけたあと、建物の前で出迎えてくれたのは年配の男だった。おばあさまの執事を務めていた方が来てくれると聞いていたのでその方だろう。

「フェイン様はどちらに？」

そう聞いてしまうのも無理はない。今、フェインの頭にうさぎの耳はないのだから。

「……はい、僕がフェインです。おばあさまが残していた耳消し草があったので」

「ああ！　なるほど。あの薬草を使われたのですね。道中は色々とございますからね。考えがいたらなくて申し訳ございません。あらためましてジムと申します。今はもう職を辞しておりますので、ただのジムです」

白い髪も、髭《ひげ》もきちんと手入れされている。なにより、背筋がきちんと伸びていることが、この老人の気質を表しているように思える。聞いた話では七十歳くらいだというが、とてもそんな歳《とし》には見えない。

「ジムさん。よろしくお願いします」

「さん、などと呼ばないでくださいませ。しがない年よりでございます。どうぞジムと。ではお部屋にご案内いたします。後ほど、お部屋に夕食をお持ちいたしましょうか」

「いいえ、ぜひ食堂で！　ぜひジムさ……ジムも一緒に。色々とお話が聞きたいです」

歩き始めたその速度もフェインたちと変わらない。今でも現役で執事として働いていそうだ。

「こんな老人の話でよければ、いくらでも。先代王妃さまは逸話に事欠かない方でございましたから」

その目が優し気に細められてフェインは嬉しくなる。おばあさまを本当に大切に思ってくれていた方なのだろう。

「あの、耳消し草は……」

「ええ、それを探しに来られたと思いました。近くの洞窟に自生しております。馬で一時間とかからない場所ですので、明日にでもご案内いたします」

「……！」

こんなにあっさり場所がわかるとは思っていなかった。フェインの頭にうさぎの耳があれば跳ねていただろうと思う。

「ただ、最近は近くに魔物が住み着いたとの噂《うわさ》がありましてね。今の時代に魔物など……と思うのですが、何か獣が住み着いているかもしれません。十分にご注意ください」

「魔物……！」

大昔にいたというそれが存在しているとは確かに思えない。

「魔物みたいな獣がいるのですか？」

暗闇で牙をむき出しにする獣を思い浮かべて小さく体を震わせる。ずっと城から出たことのないフェインは野生の獣を間近で見たことがない。そんな獣が襲って来たら、対処の方法もわからない。

「いえいえ、フェイン様がいらっしゃると聞いて、私どもも広い範囲で探索いたしましたが、そういった大型の獣がいた形跡はございませんでした。けれど、噂がある以上は万が一ということもございますので……」

「洞窟の周辺は」

アルベルが難しい顔でジムに聞く。

「もちろん、重点的に調べました。洞窟自体、それほど大きなものではないのです。近くの住民も駆り出しまして大勢で調べましたが痕跡をみつけることはできませんでした。後ほど、魔物についての証言や探索の結果をまとめた書類をお持ちいたしましょう」

「よろしくお願いします。それと洞窟へ向かう人数ですが……」

ジムとアルベルが話す内容に耳を傾けるが、フェインには経験がない。どれぐらいの人数が適正で準備はどれくらいなのか……まったく見当がつかなくて会話に入ることができなかった。すべてを任せてしまうのは心苦しいけれど、今はしっかり話を聞いて今後に生かせるようにしようと思う。

「フィ。では、夕食の席で」

フェインの部屋に着くと、アルベルはそう言ってジムとふたりでどこかへ行ってしまった。きっと明日のことの打ち合わせが続くのだろう。フェインも入れて欲しいと訴えてみたが、あっさりと却下された。

「フェイン様はゆっくり疲れをとることがお仕事ですよ。明日は洞窟に行かれるのですから、しっかり体力を温存しておかないと。すぐにお茶を用意いたしますね」

セイラがそう言って、フェインをソファに座らせる。

部屋は二階にある南側の広い部屋だった。大きなベランダがあり、柔らかな光が差し込んでいる。

家具は白く線の細いものが多いけれど、装飾は少ない。女性らしさもありながら、すっきりと纏《まと》っているのはおばあさまの趣味かもしれない。

ベランダに続くガラス戸を開けると、その向こうにはフェインが見たこともないくらいの緑が続いていた。北側の山脈を背に立つこの別荘からは、今日、フェインが馬車で通ってきた道がはっきりと見える。

「遠くまで来たなあ」

獣人の特性が現れて、アルベルと婚約して……。騎士見習いたちに混じって剣の訓練をしたり、夜遅くまで勉強したり。今は、おばあさまの日記からみつけた耳消し草を追ってこんな場所まで。

ほんの数ヶ月の出来事なのに、必死でただ走っている気がする。

人の役に立ちたいと思うものの、具体的なことはまだ何も見えなくて……ただ、周囲の優しさに甘えて手の届く範囲でしかできない。フェインの手はまだまだ小さくて、届く範囲なんてほんのわずかだ。

「フェイン様、夕暮れどきは寒くなりますから」

部屋の中からセイラの声が聞こえて、フェインはそっとため息をついた。

守られているばかりの自分はいつになったら強くなれるのだろうか？

翌日、昼食まではのんびりとして疲れを取って、昼食後に馬で洞窟へ向かった。それほど大きな洞窟でもなく距離も近いことから、日が暮れるまでには戻る予定だ。

洞窟まで同行するのは八人。

案内人のハイルと、アルベル。それから護衛の騎士達だ。

フェインの頭にうさぎの耳はまだ戻っていない。前回は半日ほどで戻ったが、丸一日かかることもあり、持続時間は決まっていない。うさぎの耳の存在にすっかり慣れてしまった今では、顔の横でふわふわと揺れるそれがないことが少し不思議な感じがした。

馬に乗るのは上達したと思うけれど、まだ遠乗りに行った回数は少ない。木々が生い茂る道は景色が楽しくて何度もきょろきょろして馬を困らせてしまった。そのたびにフェインの隣にいるアルベルがフォローしてくれて、なんとか振り落とされずにはすんでいる。

馬がようやく二頭並んで歩けるくらいの道だ。両脇の草が刈られているのは、フェインのために整備してくれた人がいるのだろう。

城にいたときは王族という立場を強く意識することはなかったけれど、こうして外に出てみるとフェインの立場は特別なのだと実感する。少し気おくれしてしまうほどの周囲の気遣いに申し訳なさと感謝と……それからしっかりしなければと気が引き締まる思いだ。

「こちらですよ」

案内人のハイルは、ジムの息子だそうだ。父さまと同じくらいの年で、今の別荘の管理はこのハイルがすべてを任されている。ジムとは違って筋肉隆々だけど、すっと伸びた背筋が親子だなあと感じる。

ハイルの指さす方向に馬を進めると、急に視界が開けた。

「うわあ！」

フェインが声をあげたのは、その場所に熱さましの薬草が大量に生えていたからだ。

十メートル四方くらいの木々のない広場。森の中を進んでいるときには気がつかなかったけれど、すぐそばまで岩肌が迫っている。

熱さましの薬草は栽培方法も難しくなく、路肩でも育てることのできるような薬草だ。それでも、これほど群生しているのは見たことがない。原産地かもしれないと言われているのにも納得がいく。

「フィ、これが？」

「違うよ。これは普通の熱さましの薬草」

大きな声をあげたので勘違いさせてしまった。けれどこれはこれですごい光景だ。

城の中で作られた畑や花壇しか見たことのないフェインにとっては山の中すべてに声をあげたいくらいだ。

「でも、すごく環境があっているからこんなに生えていると思う。そういう場所だから、耳消し草もあるのかも」

耳消し草がある洞窟はほら穴のようなもので、奥行きも二十メートルほどしかないらしい。フェインたちが来るからと数日前に探索の人を出して様子を見てくれているし、いくら獣人の特性があるといっても貴族の女性であったおばあさまだって行った場所だ。危険は少ないだろう。

「ここから歩きになります。すぐですよ」

そう言われて、それぞれが乗ってきた馬を降りる。こういうときにアルベルがフェインに手を差し出してくるのは過保護だからなのか、婚約者だからなのか区別がつきにくいなと思った。

広場の端には馬を繋《つな》げるように木の間に棒を渡した場所がある。馬のための水飲み場も用意してあり、フェインは自分の乗ってきた馬をそこに繋いだ。

さっそく水を飲み始めた馬の首筋にフェインはそっと手を触れる。

「少し待っていてね」

話しかけると、大きく首を縦に振った。まるで言葉がわかるようで嬉《うれ》しくなる。

「フィ。私の後ろに。足元が悪いから気をつけて」

アルベルは自分の足元よりもフェインの足元を見ている回数の方が多い。まあ、山歩きなんて慣れてないから仕方ないけど。

むき出しになった岩肌に沿うように登る細い道を全員が一列になって歩く。

フェインは耳を澄まして周囲の様子を探った。

アルベルや護衛の騎士たちがいくら気配に敏感だって言っても、フェインには獣人の特性がある。この中でフェインが役に立てることといったらこれくらいだ。

「フィ？」

思わず立ち止まってしまったフェインに、アルベルが声をかける。

「え……。ああ、うん。ごめん」

ぼやっとしてしまったのは、音の多さに驚いたからだ。

風の音だってひとつじゃない。山肌を下りてきた風が、木々の間を駆け抜けていく。かと思えば、くるりとそこに留《とど》まる。木を揺らすと鳥が飛び立ち、落ちた葉が地面にあたる。小さな動物が駆けていく先に、大きな動物の息遣いがある。

水の音も聴こえる。小さな流れ。大きな流れ。それから、地面の中にも。

色々な音が聴こえてくるのに、その中に人工的なものは何ひとつない。

「ちょっと、森の音に感動しちゃった」

おばあさまがここで余生を送った理由がわかった気がした。

きっと耳消し草のことだけじゃない。

城では、人の立てる音が多すぎる。それが今まで普通だと思っていたけれど、自然の音を知ってしまうと、人の立てる音がひどく味気ないもののように思えた。

「少しここで音を聴いていきますか？」

アルベルの言葉は大変魅力的だったけれど、フェインは首を横に振る。一時間ほどで別荘に帰れるのだとしても、遅くなるわけにはかない。

「大丈夫。行こう！」

声を出すと、元気も出てくる気がする。

慣れない足場に戸惑うはずの体は……けれど、嘘《うそ》のように軽い。

獣人の特性を持っているから、この自然に心が惹《ひ》かれているのかもしれない。

こうして山道を歩いていると、あの茂みの中に跳び込んで思う存分走りたいような気分になるのはきっとそのせいだ。

「ここです」

案内された洞窟には大きな入口がぽっかり口を開けていた。高さはフェインの倍くらいはありそう。横幅も同じくらい。見上げるとどんどん幅が狭くなっていて、ときおり水の雫《しずく》がぽたんと落ちる。

奥はそれほど深くないと聞いていたけれど、入口から見えるのは暗闇だけだ。

「こんなところに生えるのですか？」

アルベルがそう思うのも無理はない。こんな暗い場所で育つ植物があるなんて……。

「ええ。光を受けないことで成分が変わるのじゃないかという者もいましたけれど、詳しく研究しようにも、熱さましの薬草と区別をつけられるのは獣人の特性を持つ者だけですからね。

実際のところはわからないままです」

　ハイルが慣れた様子で松明《たいまつ》の準備を始めるが、なかなかうまく火がつかない。

　それを横目で見ながら、フェインは少しだけ洞窟に足を踏み入れた。

「フィ」

「大丈夫。危険はないよ」

　フェインの目はみんなより少し先が見える。岩場も多いけれど、道は平坦《へいたん》で歩きやすそうだ。

　中から吹いてくる風は冷たくて心地よくて、少し湿った香りが混じっている。近くに水場もあるのかもしれない。ハイルの火起こしが上手《うま》くいかないのはこの風のせいだろう。

　他に危険なことはないかと耳をすます。

　聴こえてくる音の中に微《かす》かな水音を感じて、やっぱりどこかに水は流れているのだなと思った。ずっと下の方から聴こえてくるから……この地面の下かもしれない。

「何か見えますか？」

「うん。熱さましの薬草がところどころに生えている」

　耳消し草だといいのにと思って近くの熱さましの薬草の匂いを嗅いでみるが、甘い匂いは感じられない。

「先代の王妃様は、洞窟の奥の方で探していたと聞きます。きっと向こうにありますよ。さあ、火がつきました！」

ハイルが松明を掲げたことで、さらに奥まで見えるようになった。確かに洞窟の奥にまで熱さましの薬草が点々と生えているのが見える。

「たまにつるりと滑る岩がありますので気をつけてください。それから、できるだけ私の歩いた後を歩くようにお願いします。安全を確認した場所を通りますので」

「危険は少ないと」

「ええ。ですが自然のことですので、用心するのに越したことはありません」

その言葉に従いながら、奥へと進む。

見える範囲にあるのは熱さましの薬草ばかりで、耳消し草は見当たらない。しばらく進んだところでハイルが松明を掲げると、その奥が広場のようになっているのが見えた。

「ここで、この洞窟はすべてなのです」

十メートルほどの円形のその場所は来た道以外に道はなく、周囲はすべて岩だ。その岩に沿うように熱さましの薬草が生えている。中には壁の間から顔を出しているものもあって……こんな場所でも育つのだと驚いた。

中央に松明を置けるように組んである木材があって、ハイルはそこへ松明を立てかける。

「この場所はよく来るのですか」

「殿下をお迎えするにあたって、変わったところがないかと確認に来ました。それとここの熱さましの薬草は普通のものより効果が高いので、採取に訪れる者もおります」

そっと足元の熱さましの薬草に触れてみると、日の光がない場所で育っているにも拘《かか》わらず鮮やかな緑色だ。松明の光だけなのではっきりとは言えないが、普通のものより緑が濃い気がする。

「ここで危ない場所はないと思いますので、ゆっくりご覧になってください」

フェインはきょろきょろとあたりを見回す。甘い香りが混じってないか集中してみるが、はっきりとわからない。

ハイルやアルベル、一緒に入ってきた護衛の騎士たちには熱さましの薬草と耳消し草の区別はつかないからフェインの様子を見ていることしかできない。

「フィ、ありそうですか?」

「まだわからない……。でも、せっかく来たから、じっくり探してみるよ」

壁際をゆっくりと歩く。鼻を近づけなくても、あの甘い匂いはわかるはずと思ったけれど……それらしい匂いはない。

せっかくこんな遠くまで来たのに、耳消し草が見つからないなんて。

壁際をぐるりと一周し終わって、フェインはがくりと肩を落とす。

「フィ、一度では見つからないのかも。また日をおいてくればいいですし、他にも採取場所がないか聞いてみましょう?」

「もう一度、ちゃんと見るから！　近づかなきゃわからないのかも」

今度は姿勢を低くして、ゆっくり壁際を歩く。熱さましの薬草がある場所では顔を近づけて匂いを確かめた。

そうして一番奥まで来たとき、フェインは頬にあたる風を感じて立ち止まる。

さっきは気がつかなかったけど、冷たい風が足元から流れてきている……？

岩の陰になるような場所だった。ほんの少しだけ隙間が見える。フェインの手が入るくらいの細い裂け目があって……。

そこから微かに甘い匂いを感じてフェインは裂け目を覗《のぞ》き込んだ。

「フィ、何かありましたか？」

「うん、ここから……」

振り返ろうとしたとき、足元の砂がすうっとその裂け目に吸い込まれていくのが見えた。

「……？」

わずかな量だったそれが、あっという間に大きなものに変わる。しまった、と思ったときには遅かった。

「フィ！」

音もなく足元が崩れる。広がった裂け目に流れていく砂に足を取られて……。

「え……っ！」

落ちる！

咄嗟《とっさ》にそう思って手を伸ばすけれど、フェインの手は何も摑《つか》まない。

「うわあぁっ！」

ざざざざーっ、と体が滑り落ちていくのに声をあげると、遠くでアルベルがフェインの名前を呼んだような気がした。


「……」

ゆっくり目を開けると、そこは真っ暗な場所だった。

しかし、獣人の特性を持つフェインの目には周囲が見える。日の光が届かず、岩に囲まれたここは洞窟の中で間違いはない。けれど、さっきまでいた場所とはまるで違う広い空間だ。

天井は、はるか上。地面はなめらかな大きな岩を何枚も合わせたようで、少し先に水が流れている。

やっぱり地下には水があった。

そんなことをぼんやり考えて……フェインは、自分が落ちたことを思い出した。

「……痛っ！」

動こうとすると、足首に痛みが走る。どうやら、少しひねってしまったようだ。

よく見ると、体のいたるところに擦り傷もある。でも擦り傷がまだ治っていないということは落ちてからそれほど時間は経《た》っていないということだ。

「ここは」

上にいけば元の場所に戻れるかもしれない……。見上げて、フェインはため息をつく。城の本殿くらいの高さがありそうだ。

岩が折り重なるように伸びているからそれを伝って行けばと考えて……。ゆっくり首を横に振る。

水があるせいか岩肌にぬめりがある。怪我《けが》をした足では登りきることはできないだろう。今回は無事だったけれど、次に無事だとは限らない。水の流れに落ちてしまえば、溺れることだってある。

「じっとしていれば治るかな?」

獣人の特性を持つ者は、怪我が治りやすい。

軽い擦り傷は十分もあればなくなる。足の怪我だって人よりずっと早く治るはずだ。

最後に聞いたアルベルの声を思い出す。アルベルだけじゃなくて、いろんな人に心配をかけたに決まっている。

早く戻らないと……。

きゅっと唇を結んでもう一度上を見上げる。

痛みをがまんすればいけるかもしれない。動こうとして……、足だけでなく手もうまく動かないことに気づく。

「寒い……？」

ここは地下で、地面は濡《ぬ》れている。冷たい岩に横になっていたことで、体温が低くなっているのか、思うように指が動かない。

一度意識すると、体が震え始める。

息を吹きかけて手を暖めようとすると……吐き出す息が、少し白く見えた。

痛くて、寒くて……それ以上に、みんなに心配をかけていることが申し訳なくて。

「ごめんなさい」

誰に謝るでもなく、口からその言葉が出る。

心配をかけてごめんなさい。

小さいころ、熱が出るとずっとそう思っていた。

熱を出してごめんなさい。体が弱くてごめんなさい。

謝りたいのに、咳《せき》が出て上手く言葉にならなくて。その間に、色々な人が手をつくしてくれるのをただじっと見ていることしかできなかった。

でも、今は違う。

フェインは熱が出て動けなかったあのときとは、違う。

『……っ！……フィ！』

顔を上げたそのとき、遠くで声がした。

「アルベル？」

思わず周囲を見渡すけれど、音は複雑に反射していてどこから聞こえてくるのかわからない。うさぎの耳で聴いているのか、実際に聞こえているものなのかも判断できない。

『フィ、聞こえますか？　聞こえていますよね！　すぐに行きます。そこを動かないで、待っていてください！』

今度はもっとはっきり聞こえる。上の方だ。きっとフェインが落ちた穴を見つけて、そこに向けて叫んでくれているのだろう。

『今、救助のための道具を取りに行っています。荷物を落としますので、ぶつからないよう隠れていてください』

そのすぐ後に岩場を何かが転がってくる音がした。

両手で抱えるくらいの大きさのそれは、フェインから三メートルくらい離れた場所に落ちて止まる。

『すぐに、すぐに行きますから！』

アルベルの声が泣きそうに聞こえて、フェインはぎゅっと目を閉じる。

「大丈夫だよ！　大丈夫！　荷物もすぐそばに落ちたから！」

精一杯の声で答える。

『フィ……。無事でいてください……！』

けれど、アルベルには届かなかったようだ。ここでは水も流れている。その音にかき消されてしまうのかもしれない。

アルベルは助けに来てくれると言った。

きっとここに来てくれる。

そう思うだけで元気が湧いてくる。

フェインは足に負担をかけないよう、這《は》うように荷物に向けて移動し始めた。あれにはきっと暖かい毛布や、食料がいれてあるはずだ。そうしたら少しは持ちこたえられる。

時間さえあれば、傷も治る。

大丈夫。大丈夫。

自分に言い聞かせながら、半分ほどの距離を移動したときだった。

グルル……。

獣の唸《うな》り声に、フェインは大きく目を見開いた。

フェインの向かう先……。落ちてきた荷物を咥《くわ》えて、こちらを見る金色の目にどきりとした。

大きい。

それが最初に抱いた感想だ。フェインの倍くらいはありそうな、大きな黒い体。犬に似ているけれど、それよりずっと大きくて、逞《たくま》しい体。

『最近は近くに魔物が住み着いたとの噂がありましてね』

ふとジムの言葉を思い出した。

ジムの言っていた通り、今の時代に魔物なんていないだろう。けれど暗闇に浮かび上がる大きな獣の姿はまさしく魔物のように思えた。

たらりと汗が流れる。

来ないで、と口から飛び出そうになった言葉を飲み込むために口元を手で押さえた。

怖くて息が止まりそうで……けれど必死で助かるためにできることを考える。

耳を澄ますと、それの息遣いがはっきり聴こえる。どくどくという心臓の音も。匂いを確かめると、獣の匂いがする。

あれは魔物じゃない。確かに生き物だ。落ち着け、落ち着けと頭の中で何度も繰り返す。

野生の獣だったら刺激しない方がいい。できるだけ息を殺して……向こうが敵と認識しないように。

怪我をしているけれどフェインは獣人の特性を持っているのだ。攻撃を受けても避《よ》けることができるはず。怖くない。そう自分に言い聞かせながら少しも目を離せない。

音もなく、それが近づいてくる。

輪郭しかわからなかった姿がはっきりと見えるようになってきて……。

狼《おおかみ》だ！

フェインは、大きく目を見開いた。

三角の耳。大きな、犬に似た体。本の中にある挿絵でしか見たことはないけれど、それはまさしく狼だった。

けれど、狼が洞窟で暮らすなんて聞いたことがない。それに、狼は群れで生活するから近くに仲間もいるのかも……。

狼は、のそりとこちらへ向けて歩く。

その動きはとてもゆっくりで……獲物を狙う俊敏なものではない。どことなくこちらを見る目は様子を窺《うかが》っているように思える。

「……」

ごくり、と唾を飲み込んで、フェインはすぐにでも動けるように足に力を入れた。

飛びかかってきたら、逃げないと。足が痛むなんて言っていられない。無理矢理にでも、この壁を登って……。

そのとき、ふわっと狼の後ろで何かが揺れた。

まさか仲間がと思って目をこらす。けれどそこに見えたものは仲間ではなくて、目の前の狼のしっぽだ。

しっぽが……揺れている？

「え？」

狼はすぐ近くまで来ると、ぽすんとフェインの胸に顔を押し当てた。

そのままぐいぐいと押してくるので、フェインはそのままずりずりと後退していく。やがてもといた場所に戻ると、狼はフェインの手に咥えていた荷物を押しつける。

「ええ？」

フェインが荷物を受け取ると、今度はフェインの体に寄り添うようにその大きな体を伏せた。

わけがわからないまま、そっと狼の体に触れてみるけれど、嫌がる様子はなくじっとしている。

「どうして？」

狼の体はふわふわと柔らかい毛に包まれていた。こんなところにいたのに、すごくいい毛並みだ。その不思議さに気がつかないまま、フェインは無意識に狼の体を撫《な》でて……。

その温かさに、ほっとする。

狼は、フェインが離れようとするとぐいぐい体を押しつけてくる。

もしかしてこれは……。

「温めようとしてくれている？」

呟《つぶや》くと、言葉なんてわかるはずのない狼が尻尾《しっぽ》を振った。

「あ、ありがとう」

戸惑ったまま、お礼を言うとまた尻尾が揺れる。

狼の温かい体に包まれて、先ほど手にした袋を開けてみると、思ったとおり毛布といくつかの食料が入っていた。毛布は大きなものではないけれど、肩にかけて狼の体に寄り添うと、冷えた体もすぐに暖かくなりそうだ。

ふうっと体から力が抜けていく。その感覚に、フェインはずいぶん緊張していたなと思った。

アルベルの声が聞こえて、荷物が届いて……寄り添ってくれる温《ぬく》もりがある。

安心したと同時に、フェインはどんどん重くなっていく瞼《まぶた》を止めることはできなかった。

次に目を覚ましたとき、フェインはふわふわするものに包まれていた。

最初はあの狼がまだそばにいるのかと思ったけれど、そうじゃない。瞼を開けると、そこには茶色の毛皮が敷いてあった。洞窟の中には違いないけれど、まるで誰かの寝床のように整えられている。

驚いて体を起こしたフェインは、改めて周囲を見渡す。

さっきの場所ほど広くない。

この空間は小さな部屋のようだ。

フェインの寝ていた毛皮の敷いてある場所が寝台だとすると、中央に置かれた平らの石は机。

壁際にある丸くて中が空洞になっているあれは。

暖炉、だろう。中で火が燃えている。こんな空間で火を焚《た》いて大丈夫だろうか。煙がこっちにくる様子はないから、奥に煙が出るように細工してあるのかもしれない。火が燃えているのでその奥を確かめることはできないけど。

あきらかにここで誰か生活している。

「ここは……？」

さっきの狼の寝床……なはずはない。あきらかに人の手が加えられている。

かといってフェインが助け出されたというのなら、近くにアルベルがいるはずだ。

疑問だらけになった頭を傾《かし》げると、ふわりと頬に当たる慣れた感触があった。

「あ、うさぎの耳」

いつの間にかうさぎの耳が元にもどっていたようだ。やっぱり、もうこれがないと落ち着かない。

「袋……！」

そういえば、と思って周囲を見回すと、すぐ近くにアルベルが落としてくれた袋があった。

慌ててかけよって中を確認してみると、食料などは手つかずのままだ。

「あの狼、お腹空《す》いてなかったのかな」

幸いフェインを食べる気はなさそうだったが、袋の中には干し肉もあった。鼻のいい獣なら、すぐに気づいてあさっていても不思議じゃない。

時間についてはもうまったくわからなくなってしまった。あんな状況で寝てしまえる自分はおかしいと思う。

「あ……！」

袋の中に紙片を見つけて、取り出す。そこに書かれている字を見て、思わず涙が零《こぼ》れそうになる。

『愛しています、フィ。すぐに行きますので待っていて』

急いで書いた文字なのだろう。いつものアルベルの文字より、少し右肩上がりになっている。

紙片をぎゅっと胸に押し当てる。フェインは少しでも早くここから抜け出さないといけない。落ちてしまったフェインより、安否もわからないまま探しているアルベルの方がきっと辛《つら》い。

ぐっと足に力をいれてみると、さきほどよりずっと良くなっていた。まだ痛みは少しあるけれど、歩けないほどじゃない。

「落ちた場所まで戻らないと」

洞窟は二十メートルほどの小さなものだと聞いていた。フェインが来るからと安全を確かめてもくれていた。もしこの空間に気がついていたなら、もっと注意していたはずだ。

あの洞窟に縦穴があることも、その下に広い空間があることも誰も知らなかった。きっと捜索は手探りで危険を伴う。

アルベルがフェインを探すなら、きっと落ちたあの穴から探索する。

そのために長いロープや人手が必要で、別荘まで連絡しにいった人がいるはずだ。往復に一時間かかるとしても、それくらいの時間はもう過ぎているだろう。だとすれば、アルベルはもうフェインがいた場所に下りている可能性が高くて……。

「どうしたらいいかな……」

自分が今、どこにいるかわからない。この場所がどうなっているのかも。

けれど、はっきりしていることがひとつ。

「あの、狼」

狼がフェインをここまで運んだ。そうじゃなかったとしたら、ここに住む誰か。その誰かは、きっと狼と友達のはずだ。

だってあの狼はフェインに危害を加えようとしていなかった。

それはつまり、人に慣れているということだ。

「狼を探そう」

幸い、匂いを辿《たど》れそうだ。

フェインは袋を背負って歩き始める。

手がかりは、狼の匂い。

寝床となっていた場所を出ると、周囲は暗闇だった。洞窟の、さらに地下だ。光が届くことはない。それでもぼんやりと見えるのは、人には感じられないくらいの薄い光があったからだ。それが岩肌についた苔《こけ》だと気がつくと、なんだかワクワクしてしまった。

「苔が光るなんて」

完全な暗闇だったら、いくら獣人の特性があっても何も見えなかっただろう。

暖炉から火を持ってきたとしても、松明として処理しているわけでもない火はすぐに消えてしまっていたかもしれない。

「すごいなあ」

のんきに観察できるような場合だったらよかったのに、そうでないことが悔しい。けれど、少しだけこの苔を持っていくことはできないだろうか？

いやいや、今はダメだ。早く狼を探さないと！

大きく首を横に振って、フェインは匂いを辿っていく。

途中で広い場所に出て、そこで再び水の流れを見つけた。

けれど、落ちた場所ではない。そこはもっと天井が高かった。狼の匂いは、水の流れに沿って下流に続いていて、フェインは足を滑らせないように気をつけながら歩いていく。

こんな風にひとりで歩いたことはなかったな、と思う。

小さいころはもちろん、体が丈夫になった今でも周囲はフェインに過保護で、城の庭を歩くのさえ誰かがついてくる。

自分の宮殿の中ではひとりになれる場所もあるけれど、あくまでその場所だけだ。

少しだけ……ほんの少しだけ、状況を忘れて楽しいなんて思ってしまったことは誰にも言えない。

そうして二十分ほども歩いただろうか。

遠くにぼんやりとした光が見えた。どうやら、苔が群生している場所のようだ。

そこだけ、やけに緑が強くて……。

「あ、違う」

その緑は苔だけのものではなかった。苔もあるけれど、他にも……。

「耳消し草!」

そこから漂ってくる香りは、フェインが甘いと感じたあの香りだった。それが、あんなにたくさん!

そう思うと、足の痛みも忘れて走り出す。

けれど、その場所に近づいてくるとだんだん勢いを失った。

「た……高い……っ」

光る苔に囲まれて、ぼんやりと光る緑。ツンとした香りに混じる、ほのかに甘い香り。耳消し草がたくさんあるのに、その場所は険しい岩を登った先……フェインの身長の三倍は高い位置にある。

道が下っていたからあんなに高い位置だとは気がつかなかった。

下からは見えにくいけれど、その場所だけ斜面に作られた畑のように平らになっている。どうにか登れないかと周囲を見回してみるけれど、足場になりそうな場所はない。

見上げたままきょろきょろしていると、ふとそこで何かが動いたような気がした。

「え?」

まず、見えたのは三角の……耳?

それから苔の光を背負うように人の頭の影だけが見える。長く黒い髪がさらりと落ちて……。

三角の耳を頭に持つ人?

「獣人の、特性……」

ぽつりと漏れた言葉に影が大きく動いた。

「待って」

消えてしまったその影に、慌てて岩に手をかける。けれど、すぐに手元が崩れてうまく登れない。

こんな場所に人がいるなんて。しかもそれが獣人の特性を持った人だなんて。

もともと体の弱かったフェインがここまで丈夫になったのだ。獣人の特性を持った普通の人ならば、こんな高さは問題にならないのかも。

「ねえ、待って！」

なんとか足をかけられる場所を探し、手元を確認して体を持ち上げる。次の足場を探そうとして……体重を移動しようとすると手が滑った。

「あ……っ」

高さがなかったために、ぽてんとその場に転んだ。

けれど、もともと痛めていた足がずきんとして動けなくなる。

「痛っ」

そっと足首に手をやると、やっぱり痛い。熱や咳で体が辛いことには慣れていても、痛みにはなかなか慣れないものだなと思う。

「……痛むのか？」

そのとき、すぐ真横で聞こえた声に驚いた。

低い声は若い男のものだ。慌てて振り返ると、そこには二十歳前後の男が立っていた。

黒く長い髪。その間から見えるのは三角の獣の耳……。

褐色がかった肌はアズクール王国ではあまり見ない色だ。

少しくたびれた黒いズボン。茶色の毛皮で作られた上着は丈が長くて、首を通す穴だけを作って上から被《かぶ》ったようだ。足元はぐるぐると布を巻きつけているようだけど……、それが靴代

わりなのだろうか。

「上にいた人？」

男はこくりと小さく頷《うなず》いた。姿を消したと思ったのに、フェインが転んだのが心配で見に来てくれたようだ。

立ち上がると、身長はフェインより頭ひとつぶんほど高い。アルベルと同じくらいかもしれない。違うところはむき出しになった腕だ。剣で鍛えたアルベルとはまた違った筋肉のつき方で、体全体を鍛えているレペ兄さまに近い体つきかもしれない。

「……うさぎ」

男がこちらを見て呟いた。細めた目が、金色に近い色であることに気がついてどきりとする。すっと鼻筋の伸びた整った顔立ちには表情がなくて、まるで彫像に見つめられているようだと思った。

「獣人、だったのか？」

その言葉に首を傾げると、うさぎの耳がふわりと揺れた。

「貴方《あなた》は……？」

フェインを見て、獣人だったのかということは獣人だと思っていなかったということ。つまり、このうさぎの耳が戻る前に男はフェインを見ていることになる。

「もしかして、僕を運んでくれたのは貴方ですか？」

ぴくりと動いたのは三角の耳。表情は少しも崩れない。

「あの……」

もう一度声をかけようとしたとき、男がふっと体を沈めた……ように見えた。けれどそれはほんの一瞬で、気がついたときにはすぐ近くにその顔があった。

金色の瞳の奥に吸い込まれそうだと思った。

まっすぐにフェインを見る、その瞳の近さに少しだけ体がひいて……再び転びそうになったのを、男が支える。

「すまない、驚かせた」

「いいえ……、いや、うん。そうですね。驚きました。僕以外の獣人の特性を持った人に会うの初めてです」

あの三角の耳は、犬だろうか。それとも狼……。

「あっ、狼！　僕っ、狼を探していて！」

もしこの男が狼だというのなら、あのときフェインを温めてくれた狼を知っている可能性が高い。だって、狼は仲間を大切にするというし、何よりこの男からあの狼と同じ香りがする。

「あれ？」

同じ香り？

そう、同じ香りだ。この男からあの狼の香りがする。

「狼……？」

「はい。さっき、僕が落ちたときに助けてくれた狼です」

あの狼はきっと近くにいる。だってこの匂いはあの狼のものだ。ついさっきまでこの男と一緒にいたのかもしれない。きょろきょろとあたりを見回してみるがそれらしい気配はなくてフェインは肩を落とした。

「暗闇でわかるのか……？」

「僕、獣人の特性を持っていますし、ちゃんと見ました。黒くて大きな狼で、すごくおりこうでした」

荷物も持ってきてくれたし、寒さを和らげるために自分の体を押しつけてきたし。

「怖くないのか？」

「怖くなんて！　僕を助けてくれました」

「だが、あれは……人を襲う獣だぞ」

普通の狼はそうなのかもしれない。けれど、フェインを助けてくれたあの狼は違った。

「僕は襲われていません。近くにいるなら教えてください。匂いがあるから、知っている狼ですよね？」

思わず鼻を近づけて匂いを嗅ぐと、男はふっと笑った。さきほどまでは彫像のようだと思っていた顔に表情が加わると、嘘のように雰囲気が柔らかくなる。

「……俺だ」

「え？」

「あの狼は俺だ」

ああ、なるほど。それで同じ香りが……そう納得しかけて、慌てて首を横に振った。

「そんな、まさか！」

古代の獣人は、人と獣の両方の姿を持っていたという。だからこそ、神に近い存在だった。けれど史実に残る歴史の記録では、獣人の特性を持っていても実際に獣に姿を変えられる者はいなかった。それは神話でしかなく、その真偽も怪しいほどの話だ。

にやりと笑った男が少し顎をあげると、小さな光の粒がぽっと音を立てて現れた。ひとつ、ふたつと現れた光の粒は瞬《またた》く間に数を増やしていき、男の体にまとわりつくように飛び回る。

光の粒は互いにぶつかり、どんどん大きくなっていく。やがて男の体の輪郭が見えなくなるほど重なり合うと、ひときわ大きな光を放った。

「うわっ」

強い光に、フェインは思わず目を閉じてしまう。

「もう大丈夫だ」

フェインに話しかける男の声にゆっくり目を開けると、そこにいたのはさきほどフェインを暖めてくれた狼だった。

黒い毛に包まれた大きな体をふるりと揺さぶって、こちらを見上げている。足もとにはさっき男が着ていた毛皮とズボン。くるりと丸い瞳がいたずらっ子のそれのように見えて……。

「ほら、俺だ」

「お、狼がしゃべっ……！」

目の前で狼の姿になるのを見ていたのに、狼がその獣の口で器用に人の言葉をしゃべることに驚いた。

狼はフェインが驚いていることに笑っている……ように見える。

「あの暗闇では水に落ちてしまうかもと無理に押して悪かった。人の目では、あのあたりはほとんど周囲が見えないはずだから」

ああ、そうか。あのときフェインの胸をぐいぐい押したのは水の流れに近づかないようにするためだったのか。それなのに狼の温かさに安心して眠ってしまうなんて……自分はなんて危機感のない人間なのだろう。

「驚かせて走り出されても危なかったから、しゃべるわけにもいかなくてな」

確かに、あのときフェインはこの狼を魔物かもしれないと思っていた。急にしゃべりだされたら、慌てて逃げ出していただろう。

「本当にありがとうございます！　おかげで助かりました」

お礼を言うのが遅くなってしまった、と急いで頭を下げる。温かくて助かったというだけではなかった。しっかりフェインを助けようとしてくれていた。

「怪我もたいしたことがないようでよかった」

頭をこすりつけるようにされて、反射的に撫でてしまう。だめだ。このもふもふとした体で甘えられると、すべてどうでもいいように思えてしまう。

今、フェインが頭を撫でているのはただの狼ではなくて獣人の特性を持った人だ。だったら頭を撫でるなんてことをしちゃいけない。ちらりと目線を送ったのは、さっきまで男が着ていた服。服があそこにあるということは、つまりこの男は全裸だということ。

それに気づいて慌てて両手を上げると、狼はこてんと首を傾げた。

まるでどうして撫でてくれないのかと訴えるような目を向けられて、フェインは後ずさる。

ふわふわと左右に揺れる尻尾に、また撫でてあげたくなってきて……。

「あ……、あのっ、僕が撫でることは嫌じゃないですか？」

「まったく。むしろ心地いい」

本人？　の承諾があればいいのかも……。上げていた両手をそろそろとおろして、狼の頭をゆっくりと撫でる。

「獣人同士だからからか。お前の手はとても安心できる」

その言葉に調子にのって喉元に手を入れて両手で撫でると、狼は幸せそうに目を細めた。

どれくらいの時間、そうして狼の毛を堪能《たんのう》していただろう。

狼はフェインの膝に頭を乗せていた。その体勢が撫でるのにいいのだけど……。うん、これが人だということは考えない方がいい。狼でいるときは狼のはずだ。

「フェインは、誰かから嫌なことを言われて逃げてきたのか？」

狼の言葉に慌てて首を横に振る。狼は名前をラーズと名乗った。フェインも名前を教えて……。ここは城ではないし、気軽に呼び合うのもいいだろうとお互いに呼び捨てにすることにした。

「違います。僕は、耳消し草を探しに来て……」

「耳消し草？」

「あの上にある草です。熱さましの薬草によく似ている」

「ああ。あれか。あの草はいい」

まるでここも撫でろと言わんばかりに首筋を伸ばすので、そこにも手をやるとラーズは気持ちよさそうに目を細めた。

「あの草があれば、能力を自在に操れる。獣人の能力を制御しやすくなる効果があるようだ」

「え？」

ラーズの言葉に思わず手が止まる。

「知らずに探していたのか？」

「この草で、うさぎの耳を消すことができたから、そういう薬草かと」

「だから耳消し草か。俺はここに住むようになって狼の姿を取ることができるようになった。能力も向上したし、自在に使えるようになった」

獣人の能力を制御しやすくする薬草。

そう考えれば、うさぎの耳は消えても他の能力が残っていたことに説明がつく。

「獣人の特性に目覚めたばかりのころは強い力を制御できなくて、周囲から恐れられた。フェインはそうならなかったか？」

「僕は……もともと体が弱かったから、獣人の特性に目覚めて体が丈夫になったって喜んでもらえた」

そう言うと、ラーズが笑った気がした。狼なので表情が読みにくいけど。

「最初のうちだけだ」

顔を上げてまっすぐに見つめられて戸惑う。

「俺も最初は、獣人の特性に目覚めるなんてすごいと言われた。だが、時が経つにつれて、様々な能力を怖がられるようになった」

「そんな……」

フェインは少し目を泳がせる。そんなことはないと強く否定したかった。けれど、グラウ伯爵邸で聴いてしまったことを思い出す。

『獣人の特性なんて、薄気味悪い。あんな遠くの声がわかるだって？　今も盗み聞きしているのか？　陰口も不敬にあたるのか？』

『ああ、そうするよ。そんな化け物じみた能力を持つ奴《やつ》がいるって聞いて、静かに眠れやしない』

薄気味悪い。化け物じみた能力。そう捉える人がいることをフェインは体験したばかりだ。

遠くの音が聴こえたり、人にはわからない匂いをかぎわけたりする力は……誰もが持っているわけではない。だからこそ、畏怖の対象になる。

「きっかけはささいなことだった。弟がふざけて、俺に物を投げて……。俺もふざけて返したつもりで……でも、力加減を誤った」

ふいっと顔をそむけたラーズがフェインの膝ではなくて、自分の前足に頭を乗せる。

「家族から言われたよ。化け物だって」

「そんな！」

慌ててラーズの顔を覗き込むけれど、その表情はわからない。

「俺は逃げた。逃げて、この草の香りに誘われてここにたどり着いた」

「ラーズ……」

「ここにいれば、能力を制御できる。この草があれば、俺は誰も傷つけずに済む」

目を閉じたラーズが震えているようにも思えて、フェインはラーズの大きな体に寄り添う。

さっきフェインが目を覚ました場所には、寝床と机……それから暖炉しかなかった。あそこに住んでいるのがラーズだとすれば、なんて寂しい場所にひとりでいるのだと悲しくなる。

「誰かを傷つけるくらいなら、ひとりのほうがずっといい」

「だめだよ！　そんなの、だめだ！」

フェインは泣きそうになって叫ぶ。

城を出るまで、獣人の特性を持つ人はすごく大切にされると思っていた。獣人の特性が現れることは幸運の象徴で、フェインにうさぎの耳が生えたときはみんなが喜んでくれたから……。

同じように獣人の特性を持っていながら、片方では喜ばれて片方では怖がられる。

そんな違いがあってほしくない。

「俺だけじゃない。獣人の特性なんてちっともいいことはない。売られるようにして連れて行かれた奴もいる。見世物小屋で年老いた獣人の特性を持つ者も見た」

ぶるり、と体が震えた。

フェインの知らない世界だ。獣人の特性が現れるということは、幸せなことではなかったのか？

「フェインは貴族か?」

真っ青になっているフェインの顔を覗き込んで、ラーズが聞いた。それに答えるべきかを悩んでフェインは何も言えなくなる。

けれど言えないことでラーズはフェインの立場を察したのだろう。いや、最初から着ている服や持ち物である程度のことはわかっていたはずだ。

「貴族は俺たちとは違う。貴族で獣人の特性が現れれば身分の高い者に望まれて幸せに暮らせるだろう。だが、貧乏人に獣人の特性が現れても……たいていは気味悪がられるだけだ。よくて兵士や労働力。悪ければ見世物や奴隷。そういうものだ」

「……」

言葉が出ない。

ただ怖くてラーズの首元にぎゅっとしがみついた。

そういう人の温もりにフェインはこれまで助けられてきた。だからそうすることで少しでもラーズの気持ちがおさまるなら……。

けれど、大きく体を震わせたラーズはフェインの腕から抜け出してしまった。

立ち上がってまっすぐにこちらを見る金色の目には先ほどまでの温かさが消えている。

確かに仲良くなれたと思っていたのに、立場が違うと言われたように感じてフェインは身を竦《すく》ませた。

「……あの草を探しにきたと言ったな」

フェインが怯《おび》えたことを察して、ラーズは少しだけ顔を伏せた。

「う、うん」

「じゃあ、少し分けてやる。だからここのことは忘れろ」

「え？」

「貴族の都合に振り回されるのはごめんだ。俺は静かに暮らしたい。ここに来たのが獣人の特性を持った者でなければすぐにでも追い出している。お前だから助けてやる。だからここには二度と来るな」

「で……っ、でも！」

それではラーズは？

ラーズはずっとひとりで暮らすというのだろうか。光る苔はあっても、人ではわからないほどのわずかな光。冷たい地下のこの空間で……？

「でも？　まさか俺を憐《あわ》れんでいるのか？」

鋭い視線に慌てて首を横に振る。憐れんでいるわけではない。ただ、それではあまりに寂しいと……そう思っただけで。

「ラーズは、もう誰かと一緒にいたいとは思わないの？」

フェインはずっと誰かに助けられてきた。守る手がたくさんあったから、体も丈夫になった。

もしそれがなければフェインは獣人の特性に目覚める前に病に負けていたかもしれない。

「……では、フェインが俺の側《そば》にいるか？」

「え？」

近づいてきたラーズは……。目だけは冷たい光を宿したまま、するりとフェインに頭を押しつける。

「俺と一緒に暮らさないか、フェイン。獣人の特性を持つ者同士、きっとうまくやれる」

「僕……」

「誰かがお前を連れ戻しに来ても渡さない。俺が守ってやる」

連れ戻しに……。

その言葉に、今も必死で探してくれているだろうアルベルの顔が頭を過《よぎ》る。

「だ、だめっ！」

咄嗟に叫んでいた。アルベルのために、フェインはここに残るわけにはいかない。アルベルだけじゃない。フェインを大切にしてくれる人たちのために。

「僕は、今まで僕を守ってくれた人たちに返さなきゃいけないものがある。だから……！」

フェインはずっと守られてきた。

病弱な体だったとき、家族やコリンナや城のみんなに。獣人の特性が現れた今だって、城にはフェインを悪く言う人はいない。

でもそれにずっと甘えているわけにはいかない、と首を横に振る。

「僕は守る人になりたい」

「あの高さも登れないのにか」

ラーズが鼻で笑う。さっき、耳消し草が生えている場所まで行こうとして転げ落ちてしまったことを言っているのだろう。

獣人の能力という点ではフェインはまだ守る人にはなれない。

けれど……。

「僕にしかできない、守り方がある」

フェインはぎゅっと拳を握りしめる。

力では敵《かな》わない。普通の人より少し優れているという程度ではそれはフェインの強みにならないだろう。今のフェインはラーズの言うとおり、耳消し草の生えている場所にだって行く力がないのだから。けれど、フェインの持つ力はそれだけじゃない。

「例えば？」

そう問われて必死で考えた。フェインにできること。フェインにしかできないこと。

「ラーズもだけど、ラーズだけじゃない。獣人の特性を持つ人が、そんな風に扱われているなら助けたい」

ふ、とラーズに笑われたような気がしたけれど、フェインは必死で言葉を繋げた。ぼんやりとしていた『人の役に立ちたい』と願っていたことが形になりそうで……。今、形にしないといけない気がして。

「ラーズが持っているような力じゃなくても、僕にも力がある」

城を出てから気がついた、王族としての力。それは多くの人を動かし、従わせることのできるもの。

「貴族としての権力か？　そんなものに頼って助けられても……」

「誰かを助けるためなら権力だって役に立つよ」

権力が理不尽だというのなら、それでもいい。利用してしまえばいい。

「それで助けられる人がいるなら、僕は僕の持っているすべてで頑張る！」

顔をあげると、ラーズが何かを考えるように眉間に皺《しわ》を寄せているのが見えた。

「貴族にだって上下はあるだろう。フェインの親がどれほどのものかは知らないが、簡単にできることじゃない」

きっと心配してくれている。

確かにフェインがやろうとしていることを阻む者はいるだろう。それがいくらいいことだと思っても、何かを変えることは簡単じゃない。

「僕にしか、できない」

声に出すとフェインの中でしっかりとそれが根づいた気がした。誰かの役に立ちたいと漠然と考えていたものが、はっきりと見えてくる。

「僕はね、ずっと体が弱かった。小さいころは熱ばかり出していて、長い間生きられないかもって。好きな人もいたけれど、こんな僕を好きになってくれるはずないって思い込んでいた。その人は僕をずっと大切にしてくれていたのに、それが特別だなんてわからなかった」

だからアルベルが結婚の申し込みをしたと聞いたとき、それが自分のことかもなんてちっとも思わなかった。

それは自分に自信がなかったからだ。

「僕はずっと守られる人で、誰かの力を借りないと生きていけないと思っていた。けれど、獣人の特性が現れたことでやっと自信が持てた」

ぎゅっと握ったままの手には今までにない力があるような気がする。

「本当なら、もっと早くから人を守らなきゃいけない立場だった。それがずっと守られるばかりで苦しかったって、今ならわかる」

「フェイン……？」

不思議そうな顔をしたラーズに、フェインはしっかりと向き合う。

「ごめん。改めて自己紹介させて。僕はフェイン・アズクール。アズクール王国の第三王子だ」

ラーズが大きく目を見開く。

「王……族……？」

「うん。そう。だから、きっと僕にはそれができるだけの力がある」

力があるのだと……、王族だと名乗ってしまうことは少し怖い。けれど、それよりもラーズの信用を得たい。ラーズのおかげで、フェインのやりたいことも見つかったから、だからラーズには隠していたくない。

「お前は……」

ラーズが何かを言おうとしたときだった。

「フィ！」

フェインを呼ぶ声が聞こえた。

それはずっと待っていた声で……。

「アルベル？」

とっさに周囲を見渡すと、水の流れの向こう側に松明を持った人影が見えた。

「アルベル！」

立ち上がって走り出す。

アルベルはやっぱり探しに来てくれた。きっと胸がつぶれそうになるくらい、心配してくれた。

「フィ、危険です。早くこっちへ！」

水の流れは四メートルくらいの幅がありそうだ。助走の距離も少なくて、向こうからこちらに来るのは無理だろう。けれど、今のフェインなら跳べる。そう思って、走り出そうとした。

「……っ！」

その足が止まったのは、ラーズがフェインの前に立ちふさがったからだ。

「あの、あのねっ、アルベルは僕を探しに来てくれて……」

説明をしようとするのに、ラーズはフェインに背を向けて……、水の流れの向こう側にいるアルベルに向けて低い唸り声をあげた。

「フィ、離れてください！」

「あのっ、アルベルっ！　大丈夫だから！　ラーズは僕を……っ！」

言い終える前にアルベルがこちらへ向けて松明を放った。足元に転がったそれに、一瞬ラーズが怯えた目をして……そのすぐ後に、地面を蹴る音が聞こえた。

「アルベルっ！」

アルベルが、跳んだ。

普通の人では跳び越えられないくらいの幅なのに……。アルベルは躊躇《ちゅうちょ》なく跳んで、着地と同時に剣を抜く。

「だ……っ、だめっ！」

目の前にいたラーズの体がアルベルに向けて風のように動くのを見て、慌てて手を伸ばすが間に合わない。

アルベルも、ラーズも……どちらが怪我をすることも、傷つけてしまうことも嫌だ！

剣がごうっと音をあげた気がした。空を切る音に、ラーズは避けたのだと知ってほっとする。

けれどそのすぐあとにアルベルに飛びかかるラーズの姿を見て息が止まりそうになる。

ひゅ、っと音がして水の流れの向こうを見ると、アルベルと一緒に来た騎士たちが弓に矢をつがえている。さっきの音は矢が放たれた音……。

アルベルが地面に投げた松明の灯を頼りに放つ矢が、ラーズに当たってしまったら。

声が出ない。

大切だと思った人たちが傷つけ合おうしているのを、頭が理解しない。

剣を振り切っていたアルベルは、手を返して剣の柄《つか》でラーズの顔を殴りつける。わずかに体を引いたラーズは上手く衝撃をかわして、跳びのいた。

剣を構えなおすアルベルと、低い体勢で唸るラーズ。水の流れの向こうでは、弓を引くキリキリという音が聞こえた。

ほんのちょっとしたきっかけで、再び攻撃が始まるような張りつめた空気にフェインは必死で叫んだ。

「だめっ、やめてっ！　大丈夫！　僕は大丈夫だからっ！」

叫ぶだけじゃ間に合わないと思って、ふたりの間に走りこむ。

「フィ！」

「フェイン！」

アルベルとラーズがそれぞれフェインを呼ぶ声がする。狼が声を発したことに、アルベルが驚いているのがわかった。

「アルベル、この狼はラーズ。僕を助けてくれた。ラーズ、この人はアルベル。僕の大切な人」

必死で両側に叫ぶ。

アルベルが剣を鞘《さや》におさめる音に安心して、フェインはぺたりとその場所に座り込んだ。駆け寄ってきてくれたのは、どちらが先だったか……。

「フィ、心配しました」

アルベルに抱き寄せられて、ようやく安心する。

「うん。ごめん。ごめんなさい」

ほっとすると、水の流れの向こう側には松明を持つ人が何人もいるのが見える。落ちた場所にも水が流れていたから、きっとここからそう遠くないのだろう。

「この狼は……」

ラーズは一歩離れた場所で座っている。金色の瞳が少し揺れているように思えた。

「ラーズだよ。アルベルが落とした荷物を拾ってくれたし、寒かったときに寄り添ってくれた」

獣人の特性を持った人だということは、フェインが言ってはいけないことのような気がして助けてくれたことだけを告げる。でも、さっきラーズがフェインの名前を呼んだことをアルベルは知っているから……。

「獣人、なのですか？」

アルベルからまっすぐに聞かれて、どうしていいかわからずにラーズに視線を向けた。

「……ああ、獣人だ」

低い声で答えた狼の体を小さな光の粒が包んでいく。まさかそのまま裸で……と心配したのは一瞬で、ラーズは人の姿を取り戻す前に落ちていた毛皮に頭を入れた。

人から狼に変わった、そのときと同じように光がぱっと明るくなって……。首を通す穴だけ作ったように見えた丈の長い毛皮は、狼から人に変わるときに着やすくするためのものだったようだ。

「本当に……獣人が……」

アルベルがぽつりと呟く。

人の姿と獣の姿。その両方を持っているラーズは、確かに獣人と呼んでいい存在だ。うさぎの耳が生えているだけのフェインとはまた違った存在。

フェインを抱きしめるアルベルの腕に力が入る。

「フィを助けてくださったこと、感謝いたします。誤解から剣を向けてしまい、申し訳ございません」

すっとアルベルが頭を下げる。ラーズは黒いズボンも穿《は》いて、無言で足に布を巻きつける。狼としての姿をとれることは便利だけどそうじゃないことも多いようだ。

「……フェインは、そちらへ行くのか」

目を伏せたラーズがぽつりと呟いた。それはまるで諦めているかのような静かな声で……。

「フィ？」

突然走り出したフェインにアルベルが手を伸ばす。

「ラーズ！」

フェインはラーズがどこかへ行ってしまいそうな気がしてその服にしがみついた。

「ラーズ、一緒に行こう？　僕たちと一緒に……！」

「フェイン、それは無理だ。お前と俺とでは立場が違いすぎる」

呆《あき》れたように言われて、けれどフェインは泣きそうな顔でラーズを見上げる。

「フィ、行きましょう。彼にはまた改めてお礼を」

アルベルがフェインの肩に手をかける。ゆっくりとラーズの体が離れていきそうになって、フェインは再びラーズの服を掴んだ。

「ラーズは僕を心配してくれたのでしょう？　アルベルが来たとき、僕を助けようとして戦ってくれたのでしょう？」

びくりと震えて離れそうになった体をフェインはぎゅっと抱きしめる。

「ラーズはひとりが好きなわけじゃない。だって落ちた僕を助けてくれた。あのときは獣人の特性を持っているってわからなかったのに、ただ助けてくれた」

獣人の特性を持っているから仲間のように思ってくれたのではない。ラーズはただ、優しい人なのだ。

その大きな力を持て余して、こんな場所でひとりでいるのも、フェインを助けてくれたのも優しいからだ。

「ラーズだって誰かを守りたいって思っている。立場も身分も関係ないよ。その心は変わらない」

父さまも母さまも、兄さまたちも……コリンナもセイラもアルベルも、ずっとフェインを守ってくれた。その心が同じだから、フェインは幸せだったのだ。

「僕、頑張るから。もっともっと頑張ってたくさんの人を守れるようになる。だから一緒に行こう」

「フェイン。俺にできることはない」

その言葉にフェインは大きく首を横に振る。

「たくさん、あるよ。僕ひとりじゃできないことがたくさん！」

「俺を利用するか？」

少し細められた目に慌てて首を横に振る。

「違うよ。ラーズが僕を利用すればいい」

「……」

「僕ね、偉そうにするのも、権力を使うのも得意じゃない。けれど、それが誰かのためならできる。みんなが幸せになれるように頑張る。ラーズもそのために、僕の権力を利用して」

ラーズはゆっくり目を閉じる。

わかってくれなかったのかもしれないと思うと、うさぎの耳がしゅんと力なく垂れた。

「……上に生えている草は、俺が集めて育てた」

「え？」

ラーズの言葉に驚いて顔をあげる。

耳消し草が生えている場所を見上げるラーズは、そのままぽつぽつと話し始める。

「あれは熱さましの薬草の変異種だ。光る苔と一緒にしか生えていない。光る苔を集めて育て、そこに熱さましの薬草の種を植えた。生えてきたもののなかから効能のないものを取り除く作業を繰り返して……やっとあれだけの規模になった」

すごく大事なことのはずなのに、世間話か何かのように話している。

熱さましの薬草の変異種だって想像はついても、それを確かめるのは簡単じゃない。光る苔と一緒にしか生えないことだって、ずっと観察してなきゃわからない。まして、熱さましの薬草から変異種が生まれるまで根気強く植え続けることは、時間も労力も必要なはずで……。

「不安だった。また力を制御しきれないことがあれば近くの人を傷つける。そしてそれは獣人の特性を持つすべての者に言えることだ」

大きく息を吐きだしたラーズがフェインを見てふわりと笑う。

「俺ひとりなら、あの草はたくさんいらない。洞窟に自生しているものだけで十分だ。けれど、こうして育てていたのは……俺もまた、誰かの役に立ちたいと思っていたのかもしれない」

「ラーズ……」

人も、自分も信じられなくてここにひとりでいたラーズ。

「あの草をもっとたくさん育てるために力を貸してくれるか、フェイン？　お互いに利用し合おう。誰かを守るために」

そのラーズがフェインを信じてくれた。

「ラーズ！」

嬉しくてフェインはラーズに飛びついた。踏み出してくれたのはラーズだけれど、一緒に前に進めた。

「フェインは、眩《まぶ》しいな」

こちらを見るラーズの表情は柔らかくて。

「フェインといると悩んでいた自分が消し飛んでしまいそうだ」

その柔らかい表情の方がラーズには似合っている。

「悩みなんて飛ばしちゃって！　ラーズはこんなに格好良くてすごいもん」

「俺はすごいか？」

「うん！」

「格好いいか？」

「うん！」

嬉しくて満面の笑みで頷くと、ふわりと頬に何かが触れそうになった。

「え……？」

それがラーズの唇だと気づくより先に、ぐっと後ろに引かれてラーズから体が離れる。

「え、え？」

頬にキスを、されそうになった？

数秒遅れてそのことを理解して……。フェインの体を後ろに引いてくれたアルベルを見上げる。

今、フェインは頬にキスをされそうになって、アルベルがそれを止めた。

「えええええっ！」

「これくらい、いいだろう。あれだけ長い間、抱擁し合った仲だ」

抱擁……。抱擁？

違う。ラーズをずっと抱きしめていたのは狼だったからで……。あ、でも今は人の姿でも抱きついていた。あれは抱擁になってしまうのか？

「え？　う、あ？　あの？」

キス……。キスだ。頬だけど、キスされそうに……。ぐるぐると頭の中にその言葉が回る。

「フィ、すぐに忘れてください」

アルベルの声が少し硬い気がする。忘れるって、何を？　今の出来事……？

ラーズがフェインの頬にキスをしようとしたこと。それを、忘れる？　確かにそれが一番平和な気がするけれど、本当にそれでいいのだろうか。

「……出口まで案内してやろう。戻るよりもずっと早く出られる場所がある」

「ですが、他の者たちはこちらに渡れません」

そう、そうだよね。水の流れの幅はかなり大きなもの。アルベルがこっちに渡れたのが不思議なくらいだ。

「あいつらはあいつらで元来た道を戻ればいい」

その言葉にアルベルが少し眉を寄せて考えているように思えた。

フェインを連れて早くここから出たい、と思っていること。それからここから出る道が他にあるのなら把握しておきたいと思っていること……。けれど、他の護衛を置いて、ラーズについていくことが安全かどうか測りかねているといったところだろうか。

「ここにはフェインが探していた耳消し草とやらがたくさんある。次に来たとき、この場所に安全に来られる道を教えてやると言っている。素直に従え」

ラーズが腕を組んでそう言うと、アルベルが諦めたように息を吐いた。

確かにこの場所にはまた来ることになるだろう。そのたびにフェインが落ちた穴を伝って下りて、あの水の流れを渡らなければならないのは非効率だ。

「わかりました。フィ、歩けますか？」

「うん、大丈……」

「足は、どうかしましたか？」

もう平気だと思っていたことを聞かれて、ぎくりとする。こんな洞窟の中でもフェインを抱えて歩くと言いかねないアルベルには知られたくなかった。

「落ちたとき、ちょっとひねったけどもう痛くないから！」

「フィ？」

笑顔で首を傾げるアルベルの目はぜんぜん笑っていない。

「ほんとに、ほんと！　ほら！」

ぴょん、と跳ねてみせる。……うん。大丈夫。少ししか痛くない。違和感もほとんどない。

こんな感じなのに、どうしてアルベルにはわかってしまったのだろう？

「過保護だな。フェインが大丈夫というのをなぜ信じてやらない？」

ラーズの言葉にアルベルがゆっくり振り返る。ラーズがアルベルに対して棘《とげ》があるような気がする。もともと人を信じられないと言っていたラーズだ。ふたりが打ち解けるには時間が必要なのかもしれない。

「フィは、よく頑張りすぎるのでね。いくら獣人の特性に目覚めたといっても、無理をしないか心配しているだけです」

「なるほど。同じ獣人同士にしか理解できないことも多いから仕方ないか」

「あの、えっと……」

ぴりぴりした雰囲気をどうにかしたくて、アルベルの服をそっと握る。

「と、とりあえず別荘に戻ろう。みんな、心配しているだろうし」

フェインが行方不明になっていた時間はせいぜい半日くらいだ。けれど、その連絡を城に飛ばしていたとしたら、無事だという連絡をまたしなくてはならない。

「アルベルに話したいこともたくさんある！　耳消し草のこととか、苔のこととか！」

ほんの少しの時間であっても、ひとりで過ごした時間はフェインにとって冒険だった。アルベルが袋を落としてくれたこと、すぐに行くからと言ってくれたこと、紙片に書かれたメッセージ。お礼を言わなきゃいけないことだけでもたくさんある。

「わかりました。ひとまず、戻りましょう」

アルベルはそう言って、水の流れの向こう側にいる人たちに指示を出す。その間もずっとフェインから離れないのは……きっとラーズを警戒しているからだろう。

「ラーズさん、それでは道案内をお願いします」

言葉は丁寧なのに、そう聞こえないのは不思議だ。

水の流れの向こうにいた騎士たちとフェインたちでは、洞窟の入口まで戻るのに時間の差が大きいということで、フェインは耳消し草を採取していくことにした。

ラーズの話では、おばあさまが採取していた場所にある耳消し草は偶然に近い確率で生えたのだろうという。

光る苔《こけ》自体が外では育ちにくい。熱さましの薬草は育っても、光る苔と一緒でなければ耳消し草にはならない。洞窟内にある光る苔と一緒に育った熱さましの薬草が耳消し草になると思えば、あの場所の環境では外と近すぎる。

おばあさまが根ごと採取して育てようとしても無理だったのは、外に出してしまったことで苔が長く生きられなかったからかもしれない。

耳消し草と光る苔を土ごとすくいとる。外の光に当たることのないように、それから葉が傷まないように丁寧に布に包んで袋の奥に入れ、背負おうと……してアルベルに奪われた。

「これくらいは持たせてください」

まるでフェインを抱えるのを諦めたのだからと言われているようで逆らえなくて、荷物はアルベルにお願いする。

それからラーズに案内されて、洞窟内を移動した。

ラーズの寝床に戻るように歩いたかと思うと、途中で細い道に入る。狼《おおかみ》の匂いを辿《たど》って歩いていたから他の道に気がつかなかったけれど、それがなかったらフェインはこの中で迷子になっていたかもしれない。

また獣人の特性に助けられたなと思いながら辿りついた場所は、最初に入った洞窟よりずっと下の位置にある別の洞窟だった。外はすっかり暗くなっていて、昼間とは違った音が周囲を包んでいる。

「こんなところに」

それは最初の洞窟に行くときに馬を繋《つな》いだ場所のすぐ近くだ。

大きな岩や、背の高い草で入口がわかりにくいから今まで見つかってなかったのだろう。

先に外に出たラーズは月あかりに目を細める。

地下の洞窟での生活が長いラーズには柔らかい月の光でも眩《まぶ》しいのかもしれない。そういうフェインも、長い間暗いところにいたせいで目がちかちかする。けれど、目よりも耳かな。音が限られていた洞窟の地下にくらべて地上は音が多すぎる。

「じゃあ、またここに来るときは入口で俺の名前を呼んでくれ」

ラーズがそう言って、また洞窟に戻っていこうとするから……フェインは思わずラーズの服を摑《つか》んでしまっていた。

獣人の特性を持つ人たちを守ろうと約束した。お互いに利用し合おうと。

それは一緒に行くことだと勝手に思っていた。

「ラーズ、あそこに戻るの？」

簡単な寝床と、暖炉。平らな石のテーブル。それしかない地下の部屋。

「一緒に行こう？」

アルベルが困ったような顔をするけれど、これは譲れないと思った。

「だって、ラーズは僕だ。僕だって、ああいう環境じゃなかったら、ラーズみたいに怖がられてこうして洞窟に逃げ込んでいたかもしれない。だから、ラーズがここにいることを思うと、胸がぎゅうってなる」

「フェイン……」

「一緒に行こう。お互いに利用しようって言ったじゃない。一緒に利用し合って幸せになろうよ」

じっと見つめると、ラーズは困ったように笑う。

「フェインは欲張りだな」

「え？」

さっきは眩しいと言ってくれたのに。

ラーズにとって外の世界はそんなに辛《つら》いことばかりだろうか。

「俺を利用するだけでなく、側《そば》にいろと言う」

フェインは確かに、洞窟で暮らさないで、ラーズを外に連れ出そうとしている。自分はそのままでラーズに環境を変えることを迫っている。

「まあ、いい。それがフェインの望みなら叶《かな》えてやろう」

「来て……くれるの？」

恐る恐る聞いてみると、ラーズははっきりと頷《うなず》いてくれた。

「ああ。この洞窟以外であの草を育てることができるのか試すのも悪くない。フェインのことも心配だからな」

よかった、と胸をなでおろす。ラーズが傷ついたままあの洞窟の地下で暮らしていくなんてとても悲しい。

やったと思ってアルベルを振り返ると、アルベルは頭を抱えていた。ラーズと最初に喧嘩《けんか》してしまったこともあって気まずいのかも。

「……フィ。そういえばラーズさんに私たちがもうすぐ結婚することを伝えていませんでした」

「結婚？」

驚いたように聞いてきたのはラーズだ。そういえば、アルベルのことを婚約者だと紹介していなかった。

「えっと、半年後……くらいだけど。僕が成人するのを待って……」

改めて言うのは恥ずかしい。けれど、ちょっと嬉《うれ》しくもある。これがフェインの好きな人だよ、と自慢したい気持ちは隠せない。

「結婚……。結婚は政略か？」

アルベルのようなすごい人が結婚する相手としてフェインでは釣り合わないと思われたのかもしれない。

「ち、ちがうよ！　その、洞窟で話した好きな人がアルベルで……」

しだいに声が小さくなるのは頬が熱くなるのを感じたからで。

ラーズはぎゅっと眉を寄せて難しい顔をしている。そんなに難しい顔をするほどアルベルと釣り合わないのかと思うとうさぎの耳がしゅんと垂れる。

「ちゃんと想《おも》い合って結婚するのです」

いつの間にか隣にいたアルベルがそっと腰に手を回した。アルベルがはっきり言ってくれたことが嬉しくてうさぎの耳はすぐに元気を取り戻す。

「そう！　僕はアルベルの伴侶に……」

なる、と言いかけた言葉が途切れた。

あれ？　今、何かが心に引っかかった。

「フィ？」

名前を呼ばれてアルベルを振り返る。

フェインはアルベルと結婚する。そうしたら、アルベルと同じ苗字《みようじ》になって、フェイン・ヴインフィードを名乗ることになる。

暮らす場所は、アルベルの屋敷になるはずだ。

そうしたら城を出て、子爵家の人間として生きることになるだろう。

それに不便を覚えたことなんてなかったのに。

「どうしよう、アルベル」

フェインは今日、決めてしまった。

フェインができる、フェインにしかできないやり方で獣人の特性を持つ人を守ろうって。

もちろん、子爵家だって立派な貴族で、普通の人より研究はしやすい。けれど、子爵家の人間が……しかも当主でもない者が率先して保護活動にあたれるだろうか。

「僕、アルベルと結婚できないかも……」

ぽつりと呟《つぶや》いた言葉に、周囲がしんと静まり返った。

『戻ってゆっくり寝て、明日改めて話しましょう』

そう言ったのはアルベルで、それから会話は必要最小限になった。洞窟から戻ってきた人たちと合流しても、アルベルは難しい顔をしたままで誰も会話ができるような雰囲気ではなく……。

物々しい空気の中、ラーズだけはなぜか上機嫌だった。

あまりいい印象を持っていないアルベルが困っているのを見て楽しんでいるのかもしれない。

ふたりとも、フェインにとっては大切な人なので仲良くしてほしいけれど。

別荘についたのはもう日付も変わるような時間で……。泣きながら出迎えてくれたセイラやジムさんに謝って、改めて探索してくれた人たちにお礼を言ったりしていると、すっかり遅くなってしまった。

「フェイン様」

ラーズに部屋を用意してもらおうとジムと話していると、そのラーズから声をかけられた。

ラーズにフェイン様と呼ばれるのはおかしな感じでむずがゆい。

「様なんて……」

『これからはそう呼んだ方がいいだろう。人前では』

ラーズはうさぎの耳にしか届かないくらいの小さい声で囁《ささや》いた。獣人の特性を持つ者同士のちょっとした遊びみたいで楽しいかもしれない。

「出発はいつだ？」

「二日後くらいかな。耳消し草は見つかったし、早く帰らないと心配かけちゃうから」

兄さまたちはフェインの初めての遠出を心配してついてこようとしていたくらいだ。

「そうか。ではそのころに戻る」

「え、どこかに行くの？」

そのまま姿を消してしまったらという不安が顔に出ていたのだろう。ラーズは笑って首を横に振った。

「一緒に行く約束を今さら破ったりしない。さすがに何年も住んでいたから離れるための準備だ。耳消し草の移転について試したいこともある」

ラーズがどれくらいの期間、ここで暮らしているのかわからないけれど、それなりに別れを告げる相手もいるのかもしれない。

ちょっとくらいアルベルと話をしたかったけれど、セイラが頑として譲らなかった。これから軽食をとったあとは、風呂に入って寝る。それ以外の行動は認めないと。

いままでさんざん迷惑をかけた身としては無理も言えず、当のアルベルも『話は明日』という態度を崩さなかったので、フェインはおとなしく寝台にはいることになった。

まあ、眠れないけれど。

疲れているはずなのに、瞼《まぶた》はちっとも重くならない。

フェインはすごいことを言ってしまった。

「アルベルとすぐに結婚できないかも、なんて」

自分の言った言葉を思い浮かべ、ふと気づく。

「僕、すぐにって言ったっけ？」

慌ててがばりと体を起こした。

言ってない。

あのとき僕は『アルベルと結婚できないかも……』って。

さああっ、と顔から血の気が引いていく。

すぐにという言葉がつくかつかないかでは大きく意味が違う。違いすぎる。

獣人の特性を持つ人たちが幸せに暮らしていけるように活動をしていくことに決めた。

それには今、フェインが持っている王族という立場が有効になる。おばあさまの資料はもちろん、王族しか見ることのできない本もある。それに他国だって、王族で獣人の特性を持つ自分が研究をしているとなると協力してくれるはずだ。だから、それらがある程度目途がつくまで結婚を先延ばしにしてもらおうと考えていた。

「ど……っ、どうしよう。アルベルにひどいこと言っちゃった……」

フェインがそんなことをアルベルに言われたら泣く。目が溶けてしまうくらいに大泣きする。

それなのに、アルベルは明日って……。

こんな大切な話、明日まで待てるわけない。フェインなら待てない。明日までどころか別荘に戻るのだって待てなかったはず。

今からアルベルの部屋に行こうか……？

遅い時間だけれど、こんな間違いをしておいてこのまま眠れるはずはない。

扉の外には警備の兵がいるはずだから、ベランダからなら抜け出せる。そう思って、ベランダを見たときだった。

「え？」

そこにある人影に、どきりとする。

けれどそれが、すぐに望んでいた人だと気がついて慌てて駆け寄った。

「アルベル！」

ベランダに続くガラス戸を開けると、真剣な顔をしたアルベルがそこに立っていた。

いつもと様子が違う。タイが外されたシャツはボタンがいくつか開いているし、上着だって手は通さずに肩にかけてあるだけだ。

「アルベル、あの……」

言いかけた言葉は、アルベルが強く抱きしめてきたことで途切れてしまう。アルベルの上着が床に落ちて、小さな音をたてた。

「あの、アルベル？」

「こんな夜中にガラス戸を開けるなんて、警戒心がなさすぎます」

「はい、ごめんなさい……？」

まったくそのとおりだけれど、そこにいたのはアルベルなのだから仕方ない。誰よりも大好きで、大切な人がそこにいれば誰だって駆け寄ってしまう。

「あのね、あの……アルベル。僕、すごい言い間違いをしちゃって」

「わかっています。言い間違いに決まっています。じゃなかったら、聞き間違いです」

そのわりに、抱きしめる力が強い。少しだけ、アルベルの声が震えている気がする。

「結婚だけど……」

結婚だけど。

そう言いたかった言葉が、唇を塞がれて言えなかった。深く重なった唇に……フェインは驚いてしまう。

アルベルから、お酒の匂いがした。

いつもならそんなことないのに。

「酔っているの？」

「酔っている……。いえ、酔っていません。ワインを少し飲んだだけです」

「少しって、どれくらい？」

フェインの問いにアルベルがひとつふたつと指を折る。みっつを数えてその手は止まった。

「三杯？」

「いえ、三本くらいかと……」

驚いてアルベルを見るけれど、お酒の匂いがすること以外は普通に見える。二階にあるこの部屋のベランダに来るには、どこかから登らなきゃいけないのだし……。ふらついている様子はない。

「フィ。私はフィが思っているより、ずっとフィを愛しています」

「う、うん」

「本当にわかっていますか？」

抱きあげられて、部屋の中へと移動していく。ソファにつれていってくれるのかと思っていたら、たどりついた場所が寝台で……。

「え？」

そのまま押し倒されて、フェインは目をぱちぱちとさせる。

「アルベル？」

名前を呼ぶと、ぶわりとアルベルから甘い香りが落ちてきた。むせかえるような香りに包まれてフェインはただアルベルを見つめる。

「どうして結婚をやめるなんて言ったか、聞いても？」

それはフェインがすぐにでも言いたかったことなので、何度も頷く。

「あのね、あの……」

「獣人の特性を持つ仲間に会ったからですか？」

「え？」

聞いてくれたはずなのに、フェインの言葉を待たずにアルベルが話し始めた。

「狼は情が深いといいます。生涯をひとりの相手と過ごす習性があると……。獣人の特性に目覚めて、そちらへ惹《ひ》かれることもあるのでは……？」

「アルベル！」

フェインはぱちんと音が鳴るくらい強くアルベルの両頬を手で挟んだ。

酔っているせいもあるだろう。けれど、アルベルがフェインを信じてくれていないような気がして悔しかった。

「僕、あのとき言い間違えた。結婚できないかも、じゃなくてすぐに結婚できないかもって言いたかった」

じっと見つめると、アルベルはほんの少し目を細めた。

「つまり私との結婚をやめたいと思ったわけでは……」

「違うよ。やめたいわけない！」

力強く言い切ると、アルベルは大きく息を吐いてどさりとフェインの上に落ちてきた。そのままぎゅうと抱きしめられてくすぐったくなる。

「……今日は、フィを失ったかと思いました」

「ごめん」

「今まで何度も神に祈った。フィが熱を出すたびに。フィを助けてください、私から奪わないでくださいと。やっと……やっとその必要がなくなったと思ったのに、洞窟で見失って……。これ以上どうやって祈ればフィを奪わないでいてくれるのかと……」

囁きのような告白に、胸がぎゅっとなる。

アルベルは本当にフェインを愛してくれて、大切に思ってくれている。

「必死で探し、見つかったと思ったらフィのそばには狼の獣人がいた。焦りました。どこかの国の皇子などより、ずっと焦った。私はフィを理解しているつもりですが、獣人の特性を持つ仲間が現れればフィは心変わりしてしまうのではないかと」

「そんなことないよ！」

「結婚できないと言われたときの、私の絶望がわかりますか？　フィのそばにいられる幸福と、失うかもしれない悲しみ。会えた喜び……今日の私の心は振り回されてさんざんです」

「ご……、ごめんなさい」

洞窟で地下に落ちてしまったことも、言葉が足りずに誤解させてしまったことも、どれだけ反省しても足りないくらいの失敗だ。

「フィ、愛しています」

「ぼ、僕もっ！」

慌てて答えると、アルベルがふわりと笑う。

「良かった……。私のフィだ」

抱きしめる腕の力が強くなる。

アルベルの甘い香りと、温《ぬく》もりに心臓が大きな音を立てて動き出す。

「アルベル……」

名前を呼んで、アルベルを見つめた。フェインは顔が赤くなっていくのを感じる。

け、結婚前だけど、婚約者だし。成人はまだだけど、そういうことをするのにおかしくない年齢だし。

フェインとアルベルを監視する人もいない。

今夜、アルベルと……。

そう思って顔を上げて。

フェインは固まった。

「アルベル？」

答える声はない。

アルベルは目を閉じている。すうすうと安らかな寝息が聞こえてきて……。

「え？」

寝ている。

そのことに気づいて呆然《ぼうぜん》とする。

せっかく覚悟を決めたのに、寝ているなんて。

けれどその寝顔は、フェインに愛していると言った、幸せそうな顔のままだ。

「もう！」

今日は全面的にフェインが悪いから怒ることはできない。

それに……と、眠るアルベルの髪の毛をそっと手に取って口づける。

いつも完璧なアルベルが、フェインとのことに悩んでお酒を飲んでこんな風になるなんて。

驚いたと同時に、愛《いと》しさがこみあげてくる。

こんなにたくさんの愛をくれるアルベルに、フェインも全力で返さなきゃ……そう思えて。

眠るアルベルの額にキスを落として、フェインもアルベルの横でそっと目を閉じた。


「フィ。昨夜はすみません」

翌朝、目を覚ましたアルベルは少し眉を下げてそう言った。

いつも起きたときはセイラを呼んで身支度をするけれど、今日はアルベルがいるから驚かせるわけにはいかないと自分で服を着替えたところだった。とはいえ、ズボンを穿《は》いてシャツを着ただけの格好だけど。

「覚えて、る？」

「ええ。はっきり。フィに格好悪いところを見せて欲しいし」

「格好悪くなんて！　それに、どんな姿も見せてくれる。そして受け止めてくれる。アルベルの愛はそういうものだとばかり思っていた。けれど普通に嫉妬したり、不安になったりすると知って……なんだか前よりアルベルを近くに感じた気がする。

それは嬉しいような、くすぐったいような不思議な感じだ。

「少し散歩をしませんか？」

手を差し出されて、素直にそれに従う。もうアルベルからお酒の匂いはしないけれど、外の空気を吸ってすっきりしたいのかもしれない。

「じゃあ……」

そう言って扉の方へ歩こうとした足を止められた。不思議に思っていると、アルベルはフェインを抱えあげてベランダに向かう。

「え？」

「今はふたりきりでいたいのです」

ガラス戸を開けたアルベルは、フェインを抱えたまま石造りの手すりに足をかけて……。

「えええええっ！」

跳んだ。

フェインは驚いてぎゅっとアルベルの首に手を回す。

くると思った衝撃はいつまでも来なくて、かわりにふわりと着地したアルベルに驚いた。

「アルベル、魔法でも使えるの？」

「使えませんよ。体の使い方は訓練しだいでどうとでもなるものです」

アルベルがそっと地面にフェインを降ろす。そういうものだろうか？　いや、普通の人には無理だと思う。洞窟で水の流れを跳び越えたときもすごかったし、アルベルは父さまからどれだけの訓練を受けたのだろう。

「アルベルはすごいね」

「どうでしょうか。身体能力に関しては、レペ殿下には及びません」

「レペ兄さまはおかしいから」

レペ兄さまの身体能力は人としておかしいと常々思う。それを考えれば、一緒に訓練を受けてきたアルベルがフェインを抱えて跳ぶくらいのことはできて当然なのかもしれない。

朝の早い時間だ。人の気配はなくて、空気が冷えている。繋ぐ手が温かくてぎゅっと握りしめた。

周囲に人がいないことが、こんなに静かなことだとは思わなかった。まるで世界にふたりきりになってしまったようで……。ただ手をつないでいるだけなのに、頬が緩んでいく。

自然の中のようでいて、人の手が加えられたこの道はふたりが肩を寄せて歩くのにちょうどいい。

やがて木々が途切れて急に視界が眩しくなった。

「湖！」

いつの間にか別荘の敷地内にある湖まで歩いてきていたようだ。澄んだ水は光を反射して輝いている。

「すごい。ねえ、アルベル見て！」

水の底さえすぐ近くに思えるほどに綺麗《きれい》な水だ。手をつけてみると、そこから放射状に波紋が広がっていって……その光景に息をのんだ。

「冷えますよ。ここの水は冷たいので」

引き上げられた手をアルベルが両手で包みこんでくれる。いつもフェインを気遣うアルベルは手だけでなくフェインの心も包んでくれるようだ。

「昨夜……ひとつ、聞き忘れたことが」

ぽつりとアルベルが告げた言葉に顔を上げた。

「どうして私との結婚を延期しようと思ったのですか？」

あ、と口が開いた。

確かに説明していない。色々と決意したことをアルベルに言わないまま結婚を延期しようとしていたことに気がついて、フェインのうさぎの耳がしゅんと垂れた。

「あの……ね。僕、獣人の特性を持つ人たちが幸せになれるようにしたいって思って」

話し始めたフェインをアルベルがまっすぐ見つめて頷いてくれる。

「ラーズと話して初めて知った。獣人の特性を持つ人すべてが、恵まれた環境にいるわけじゃないって。ラーズはその力を怖がられて逃げてきたって言っていた。そういう現状をちゃんと調べたい。困っている人がいたら、助けたい」

「あの男が……」

ラーズのことをあの男なんて呼んでいるあたり、まだわだかまりが消えたわけじゃなさそうだけれど。

ラーズから聞いた話が全てではないと思う。それをそのまま鵜呑《うの》みにすることはできないこともわかっているからまずは調査をして……それから、具体的に動く内容を決めて……。こうやってアルベルに話している今、この瞬間にもやりたいことは増えていく。

フェインの話す内容は纏《まと》まっていないと思うけれど、アルベルは嫌な顔もせずに静かに聞いてくれた。

「けれど獣人の特性を持つ人を保護しますって言っても、実際にその状況から助け出すのは難しいかもしれない。そのために王族っていう立場が必要だと思った」

そんなものに頼るな、と言われてしまうかもしれない。けれど、フェインは自分にできることと……自分にしかできないことをしたいとずっと思ってきた。

地位も能力も……ずるいと言われても、フェインが持つ力のひとつだ。

それを役立てることができるなら。

「僕が持つすべての力を使ってやっとできることがあると思って」

アルベルと結婚すれば、フェインは降嫁することになる。兄さまたちは、きっとそんなことは気にせずに力を貸してくれるだろう。だから、アズクール王国内であれば問題はない。

そう、国内であれば。

けれど他国で活動しようとしたとき、元王族では弱い。ただの貴族が獣人の特性を持つ者を保護しようとしていると言って、賛同を得るまでに一体どれだけの時間がかかるのか。

諦めずに活動を続ければ、いつかは理解を得ても……その間に苦しめられている人はどうなるのか。

すぐに動きたい。できるだけ早く助けたい。

王族の慈善活動だという建前があれば、動きはまったく違うものになる。

「だから、ごめん。僕は今の地位を手放したくない。結婚はその活動が落ち着くまで待ってほしい」

保護活動にある程度目途がついて、名前が知られてくれば……きっと降嫁しても大丈夫なはず。どれくらいの時間がかかるかわからないけれど、それまでは。

「フィ」

「うん……、ごめん。勝手なことを言っているけど……」

「違いますよ。勝手ではありません。けれど、フィ。貴方《あなた》の夫になる私は宰相になるのです。名前だけの王族より、確実にその国で力を持つ宰相という立場の人間の方が権力を持っているような気がしませんか？」

驚いてアルベルを見ると、アルベルはにっこりと笑った。

「私を使えばいいのです、フィ。そういう活動は敵を作ることもあるでしょう。私が前面に出れば、フィが危険になることもありません」

「……っ、そんなの！」

危険のことは正直、頭になかった。けれど、確かにそういうこともあるかもしれない。

「私はフィのためだけに生きています。存分に使ってください」

フェインは慌てて首を横に振る。アルベルはまたフェインを守ろうとしている。それはとても心地いいけれど甘えるわけにいかない。

「そんなの、ダメだよ。僕だけが好きなことをして、危険な部分はアルベルに押しつけるなんて」

「押しつけではありませんよ」

泣きそうなフェインの頬にアルベルが手を添える。

「昨夜も言いましたが、フィが思っている以上に私はフィを愛しています」

「でも、結婚したあとはアルベルを支えて……」

「妻が夫を支えるのもいいですが、逆だって素敵でしょう?」

話しながら、どうやったって口ではアルベルに勝てないような気がしてしまう。そのまま頭を撫《な》でられると、ころりと説得させられてしまいそうになるし。

「フィはフィにしかできないことをしようとしている。その一部を私に背負わせてください」

「でも……」

「宰相は国を動かす、重要な地位です。政策を決め、予算を組み、人を動かす。決定権は陛下ですが、その陛下が目を通す案のすべては宰相が握ります。情報だって、私のもとに集まるようになる。精査する前の小さな情報にも目を通すことができます」

きらりとアルベルの目が光った気がした。

「ア、アルベル?」

「フィが望むなら、できるだけ早く宰相の座につきましょう。テムル殿下の即位を待つ必要もありません」

確かに今の宰相は父さまより年上だ。かといって、引退が必要な年齢ではない。アルベルが早くなりたいからといってなれるものではない。

「私は今、テムル殿下の補佐をしていますが……。後継として宰相閣下の直属に移動しないかと誘われています」

「え?」

そんな話は初めて聞いた。アルベルとテムル兄さまはいつも一緒にいるから、テムル兄さまの代になるまで……テムル兄さまの代になっても、ずっとそれは変わらないと思っていた。

「今よりもう少し忙しくはなりますが、フェインの望みは私が叶えます」

力強い言葉だ。アルベルは優しいとずっと思っていたけれど……優しいだけじゃない。

昨夜のアルベルもフェインの知らないアルベルだった。こうして力強いアルベルもまた、フェインの知らないアルベルだ。

「フィ。私はずいぶん長い間、待ちました。本心を言えば、もう一日だって待ちたくない。フィを私のものにしたくて仕方ないのです」

頬にキスをされて、顔が真っ赤になる。

ぶわりと広がる甘い匂いに……昨夜、アルベルとそうなってもいいかもと思ったことを思い出して……。

フェインは、大きく首を横に振る。

これではいけない。

これではフェインはまた守られる人のままだ。

「僕を甘やかさないで」

「甘やかしてなど……。私はしたいようにしているだけです」

「僕、守る人になりたい。守られるだけじゃなくて、いろんな人を守りたい」

「フィ、わかっています。婚約が決まったとき、フィは私のことを守りたいと言いましたよね？」

こくりと頷く。

婚約証明書を持って来てくれた夜、フェインは確かにアルベルにそう言った。お互いの危機には助け合って、フェインもアルベルを守るのだと。

「ふたりで頑張りましょう？　守る人が強いわけじゃないのですよ、フィ。守られる人だってまた強くなる。フィの強さがそれを証明していると思いませんか」

「僕……強く、なれているのかな？」

「ええ。眩しいほどに」

どくどくと心臓が音を立てる。

強くありたいと思っていた。

すぐに熱の出る体ではなくて、自由に走り回って好きなことをして……。けれど体は丈夫になっても、周囲の態度は変わらないので本当に強くなれたのかわからないままだった。

「フィは強い。それはずっと見てきた私が一番よく知っています。あれだけの病と闘ってなお、誰も恨まず笑っていられる。フィが笑顔でいることに私がどれだけ救われてきたか」

「でも、それはみんなが守ってくれたから……」

「フィが笑顔でいてくれたからです。フィが泣いてばかりいたら、誰も前には進めなかった。フィが笑っているからきっと未来があると進むことができたのです」

自分なんかの笑顔にそんな効果は……と思いかけて、フェインは首を横に振る。なんか、ではない。みんなが守ってきてくれた大切な自分だ。

「ほんとだ。守られるって強くなる」

大事にされた自分を大事にしようと思う力。それから他の人を大事にしたいと思う力。

それは守られる温かさを知っているから……。

「フィ。私はフィの隣に立ちたいのです」

こんな風にフェインを望んでくれるアルベルに、恥じない自分でありたいと思う力。そのすべてがフェインを強くする。

「ありがとう、アルベル」

握る手に力を込めて、フェインはふたりぶんの手を額に押し当てる。

「僕……、フェイン・アズクールはアルベル・ヴィンフィードと生涯を共にすることを誓います」

「フィ……」

「きっと、いっぱい迷惑かけると思う。けれど、僕はアルベル以外との将来は考えられない。僕が王族でなくても、獣人の特性を持つ人たちを助ける手助けをしてくれる?」

「もちろんです」

アルベルが笑って、フェインの手を握りなおす。そのまま片膝をつくと、フェインの手に恭しく唇を落とした。

「私のすべては、フィのために。アルベル・ヴィンフィードはフェイン・アズクールと生涯を共にすることを誓います」

まっすぐな誓いの言葉には少しの迷いもない。

ここは神殿でもないし、誓いを見届けてくれる人もいない。けれど、今このとき……確かに誓いは成ったと思った。

正式な結婚式はまだ先だけれど、フェインはもうアルベルと離れない。生涯を共に歩いていく。

「僕がどれだけ幸せに思っているか、アルベルに見せたい」

「私もですよ。フィ」

立ち上がったアルベルが顔を近づけてくる。そっと目を閉じると自然に唇が重なった。

手を繋いで寄り添って歩くことだけで、幸せだと周囲に叫びたくなる。

フェインの顔は緩みっぱなしで、うさぎの耳もふわふわと揺れている。

その耳にアルベルがそっと口元を近づける。

「今日の夜……また部屋に行っても？」

囁かれた言葉に、ぼんっと音がなるくらいはっきりフェインの顔が赤くなった。


「それではおやすみなさいませ」

セイラが部屋を出ていくと、急に夜の静かさを感じた。

ふたりだけで誓いをしたあと、朝食も昼食も夕食だって食べたはずなのにそのどれもが記憶にない。すべてはアルベルの『今日の夜……また部屋に行っても？』発言のせいだ。

部屋には蠟燭《ろうそく》の灯がいくつか……。テーブルの上にはワインとワイングラスがひとつずつ。

閉じられたばかりの扉をじっと見つめて、セイラが戻って来る様子のないことを確認してから……フェインは戸棚からもうひとつワイングラスを取り出した。

ふたつ並んだワイングラスを見ているだけで心臓の音が大きくなる。

好きな人が、夜……部屋に来る。

それを想像しただけで頰に熱が集まってくるようだ。

セイラが用意した夜着は、膝あたりまでのワンピース。女性もののように腰が括《くび》れたデザインではないけれど、布はたっぷりとってあって動くたびに裾が揺れる。前合わせのボタンは貝で作ったものだろう。蠟燭のあかりを受けて虹色に光っている。ズボンはない。

そう、ズボンがない

それが落ち着かなくて何度も足をすり合わせる。

今夜は暑いからと言い訳して、ちょっと大胆なものにしたけれど……やっぱりいつものものに替えようかなと思って衣装部屋の扉を見つめる。

「着替えちゃおう」

やっぱりこれは恥ずかしい……と、立ち上がったとき、コンコンと部屋をノックする音が聞こえた。

大きくうさぎの耳が跳ねる。

それくらい、びっくりした。

黙っていると、もう一度ノックの音がする。

「ど、どうぞ……」

消え入りそうな声で言ったのに、扉の向こうの人には聞こえていたようだ。

ゆっくり扉が開いて……。アルベルが入ってきただけで、フェインは緊張で体がガチガチになる。

「フィ、ちゃんと呼吸をしていますか？」

そう聞かれて、息を止めてしまっていたことに気がついた。慌てて空気を吸い込んで、ゴホゴホとむせた。なんて情けない姿だろう。

咳《せき》をするフェインの背中をさすりながら、アルベルは笑いを堪《こら》えているようだ。いっそ笑ってくれた方が楽なのに。

「そんなに緊張しなくても」

「だ、だって！」

緊張するなという方が無理だ。

アルベルがソファに誘導してくれて、そっと腰を下ろす。寝台に誘導されたら、また息を止めてしまうところだった。

アルベルはフェインの様子を見て明らかに笑うのを我慢している。悔しくて頬をつつくと、耐えられなくなったように笑いはじめた。

「もう！　そんなに笑わないでよ！」

ふいっと横を向くと、アルベルはフェインを持ち上げて膝に乗せてしまった。この体勢では、機嫌の悪いふりも長続きはしない。

それにアルベルが笑う顔を見ているとフェインも楽しくなってきて、結局一緒に笑ってしまう。

「フィ、キスをしても？」

ふと笑いが途切れる。頬に触れる優しいキスに鼓動が大きくなる。息をするのをまた忘れそうになって……けれど唇に触れた温もりに、ハッと我に返る。

「今は甘い香りに逆らわなくていいですよ」

うん。そうだ。アルベルからの甘い香りは発情を促すサインのようなもので……。耐えきれなくなるとフェインは自分がわからなくなるくらい、アルベルが欲しくなる。

だからこそ、今夜は香りに流されたくない。

「今、香りはしない」

「フィ？」

「発情したくなくて……さっき、耳消し草を」

発情すること自体は、多分悪い事じゃない。でもほんとに頭がぼんやりして、それしか考えられなくなるのは……今日は、嫌だった。

「でも、うさぎの耳が」

アルベルが触るのは、フェインの頭にあるうさぎの耳だ。

「うん。ラーズが言うには、耳消し草は獣人の特性を制御しやすくするものだって。だから、わかりやすく耳とかを消してしまうことが多いけど意識すれば能力を高めたり、無くしたりできるみたい」

「そう、なんですか」

「そう。今日は、発情に流されないでアルベルを感じたくて……」

どういう反応を返されるかわからなくてアルベルを見る。

「アルベル？」

名前を呼んだのが、まるで合図だったかのように唇を塞がれた。

「んっ……」

頭の後ろをアルベルの手が押さえて逃げられない。けれど逃げる必要はない。キスだと感じた瞬間にフェインもアルベルの首に手を回す。

「んん……っ」

より深く唇を重ねたくて、ちろりと舌を出すとすぐにアルベルのものに絡み取られる。

お互いの気持ちを確かめ合って婚約をしたあの日から、何度か唇を重ねることはあった。けれど、そのどれもがフェインの発情を促さないように配慮した軽いものだった。

もっと、と声に出さずに叫ぶ。

アルベルとならずっとこうして唇を重ねていたい。

いつのまにかフェインの体はアルベルに跨がるような体勢になっている。

するり、と夜着の裾から入り込んできた手にびくりと体が震えた。その拍子に唇が離れてしまう。

「フィ、キスが上手になりましたね」

太ももに添えられた手が、ゆるゆると動く。それだけで、反応しそうになっていることを知られたくなくてぎゅっと足に力を入れる。

「発情しなくても、愛している相手は自然に欲しくなるものです。私もそうですから」

甘い香りはしないのに、離れてしまった唇が寂しい。

「関係、ないのかな」

「ないですよ。どちらにしても、です」

フェインを膝に乗せたまま、アルベルが立ち上がる。落ちないようにしがみつくと、アルベルはフェインを抱えたまま部屋の奥へと移動した。

降ろされたのは寝台の上だ。

ぼんやりアルベルを見つめていると、アルベルはガウンを脱いで近くの椅子にかけるところだった。それから、夜着の上も……。

「わ……っ」

アルベルは脱いだらすごかった。レペ兄さまはもりもりとした筋肉なのだけれど、アルベルの体はきゅっと引き締まっている。それでいて、鍛えていることがはっきりわかる肉のつき方だ。

「いいなあ、僕もそんなふうになるかな？」

これでも剣を習い始めた。体を丈夫にするために走ったりもしている。

「……なると、いいですね」

感情がこもっていない。本気で応援はしてくれないようだ。

「フィ」

アルベルがフェインの名前を呼んで、すぐ隣に座った。ソファに並んで座るときより、ずっと近い距離にどきどきする。

「愛しています」

すぐ耳元で声がした。

ぞくりとしたものが足の先から頭の上へ駆け抜けた。これで本当に発情はしていないって言えるだろうか。

だって、フェインは今アルベルが欲しいと思っている。

人間の耳のすぐ下……首筋にキスを落とされて、思わず目を閉じる。ゆっくりアルベルが体重をかけてくるのに合わせて寝台の上に倒れると、アルベルの手が夜着のボタンに添えられた。

「あ……」

一番上のボタンが外されて、開いた胸元にアルベルの唇を感じる。それがくすぐったくて足を動かすと、アルベルがフェインの足を開かせて、その間に体を移動させた。

真上にあるアルベルの顔を見上げて……その目が優しく細められるのに安心する。

「アルベル」

手を伸ばすと、届く位置にまで下りてきたアルベルの頭を抱える。

キスをねだって薄く唇を開けると、自然に重なり合う。

「んっ……あっ！」

夜着の下から入り込んできたアルベルの手が、下着にかかる。少し腰を浮かせると、フェインの下着はすぐになくなっていった。けれど、アルベルの手は太ももの付け根を何度もなぞってフェインのそれに触れてはくれない。

触って、と言いたくて……けれども入り込んできた舌が、それを言わせてくれなくて。

もどかしさを感じながら、けれど必死でフェインもアルベルのキスに応える。

「フィ、可愛《かわい》い」

離れた唇を追っていこうとして、指を入れられた。舌の代わりに差し込まれたアルベルの指を今度は必死に舐《な》める。

「上手です」

アルベルは器用にフェインの夜着のボタンを片手で外していく。全部のボタンが終わると、はらりと夜着がめくれた。

「……っ！」

アルベルがじっと見ているのに、恥ずかしくなって慌てて前を合わせる。

だって、アルベルに比べてフェインの体は鍛えられてもいない。日焼けも全然なくて真っ白なままだ。

「フィ、見せて」

「で、でもっ……」

戸惑っていると、前を押さえている手にキスが落ちた。

「わ……っ」

そのまま軽く甘噛《あまが》みされ、力の抜けた手を摑まれる。再びはらりと前が開いたと思ったら、アルベルの手がフェインの心臓の真上に置かれた。

「すごく速く動いていますね」

「だだだって……っ！」

前にもアルベルには裸を見られている。フェインが発情に流されて、苦しくなったとき。でもそのときはただ、夢中だった。

「や、痩せているし、白いし。アルベルみたいに鍛えてないし」

「フィ」

アルベルが摑んでいたフェインの手を自分の胸に持っていく。心臓のすぐ上に当てられたフェインの手は……。

「アルベルもどきどきしている？」

「すごく」

アルベルの鼓動が伝わってくる。フェインのと同じ……それよりもっと強く、大きく動くその振動にフェインは目をぱちぱちさせた。

「今、この時間が幸せすぎて、どうにかなってしまいそうです」

フェインの手がアルベルの胸から離れると、アルベルはフェインの隣に体を横たえて、フェインの頬にキスをした。

「フィがまだ心の準備が必要だというなら無理にはしません。こうやってフィに触れているだけでも、幸せですから」

「えっ？」

その言葉に思わず大きな声を出してしまって、慌てて口を押さえる。

「フィ？」

「……そんなの、やだ」

恥ずかしさはある。アルベルが見つめるだけでどうにかなってしまいそうだし。

「その、アルベルが僕の体で興奮したりするのかなって思っちゃって……でも、僕はアルベルと、したい。ちゃんと抱かれたい」

全部を言い終える前に体を起こして、アルベルに跨がった。

見せるのはやっぱり恥ずかしいけれど、アルベルがフェインを抱かないほうが嫌だ。

自分で夜着を脱いで、遠くに放り投げる。ちょっとお行儀は悪いけれど、こういうときならいいよね？

「アルベル、抱いて？」

驚いた顔のアルベルに、自分からキスをする。

そろりと舌を入れると急にくるりと体が反転した。

「フィ、煽《あお》った責任は取ってくださいね？」

それだけ言って唇に噛みつかれた。噛みつかれたかと思った。フェインが唇を開けるのを待たずに入り込んできた舌に合わせようとするけれど、追いつかない。

「んぅっ」

アルベルの指が、胸の突起に触れる。それからもう片方の手が足の間に、伸びて……。

「ああっ！」

触れると同時に離れた唇から、大きな声が出る。けれど、それを気にする余裕もなく、もう片方の突起にアルベルがかぶりついた。

じゅる、と音がなるほど強く吸われて体が跳ねる。

「あっ、あああっ」

舌先が、敏感になった先を何度も舐めていく。フェイン自身に触れた手は、その激しさとは逆にゆるゆると動いて。それがもどかしい。

「やっ……あぁっ」

とろりと零《こぼ》れたものを指の先で確かめられ、顔から火が出るかと思った。

「フィの体は、発情してなくても感じやすいのですね」

もう、きっと全身が真っ赤に染まっている。顔も、胸も、足の先まで。全部真っ赤になっていて、アルベルを誘っている。

耳消し草は効いてないのかもしれない。

だってこんなにアルベルが欲しいって思っている。

「アル、ベル……ッ」

アルベルの頭を抱きかかえるように手を伸ばすと、アルベルは優しく唇を合わせてくれた。

けれど、今度はフェイン自身に触れた手が激しく動き始める。

「あっ……んん……っ！」

必死でアルベルにしがみつく。

「フィ」

耳元で囁かれたその瞬間、頭が真っ白になった。

「……っ！」

高められたものがはじけて……。アルベルの腕のなかで荒い息を繰り返す。

「フィ、可愛い。愛しています」

息を整えている間、アルベルが甘い言葉を囁きながら頭を撫でてくれる。前に発情を抑えてもらったときは、これで落ち着いた。だからきっと落ち着けるのだと思ったのに……。

達したのに、物足りず……フェインはもぞもぞと足を動かす。

「アルベル」

小さく名前を呼ぶと、アルベルの手がするりと後ろに回った。

アルベルを受け入れるその場所に指が触れて、体がびくりと跳ねる。

「フィ、大丈夫ですか?」

気遣う声にこくりと小さく頷くと、アルベルの手が寝台の横の小さなテーブルに伸びた。そこにガラスの瓶が置いてあるのを見て、アルベルの胸に顔を埋《うず》める。

だってあれは、そういうことをしやすくするための香油だ。

アルベルが頭の上にキスをしてくれる。それから……また、後ろに……。今度は、ひやりとした感触も一緒だ。

ぎゅう、とアルベルにしがみつくとそこを撫でるように動いたアルベルの指が、つぷりと中に……。

「……っ」

「フィ、力を抜いて?」

アルベルが宥《なだ》めるようにフェインの頭に何度もキスを落とす。ゆっくり息を吐くと、アルベルの指がさらに奥へと進んだ。

「大丈夫」

顔を向けると、鼻先にキスをされる。それから瞼の上……頬。

唇が重なって、ぬるりと入ってくる舌に自分のそれを絡めたとき指がゆっくりと動いた。

「ふぁっ」

くるりと中を確認するように……。それから少し抜いて……また、奥へ。さっき達したばかりなのに、もうフェインのものは固くなり始めている。

アルベルが指を動かすたびにくちゅくちゅと香油の音がする。

「あっ……や……っ」

こんなちょっとの動きでも、どうにかなってしまいそうだ。落ち着かなくて足を動かそうとすると、アルベルの体にぶつかって……アルベルは、フェインの足が閉じないように体を入れて開かせた。

「……？」

一度抜かれた指が、今度は足の間からその場所へ伸びる。

「あ……っ！」

指が太くなった。二本を同時に入れられて、閉じようとした足は……もう片方の手で押さえられる。

「痛くないですか？」

フェインは小さく頷いた。

痛くは、ない。

恥ずかしさともどかしさと……それから気持ちよさで、どうにかなってしまいそうだけれど。

「じゃあ、動かしますね」

二本になった指が……再び動き始める。小さな動きなのに、大げさに声をあげそうになって横を向くと、すぐ近くに感じていたアルベルの顔が消えた。

「……あっ」

大きく口を開けたアルベルが胸の突起に舌を這《は》わせる。

びくびくと体が震えるのに合わせて、指の動きが大きくなった。フェインはもう声を抑えることができなくなる。

「だめ……っ、や……ぁ！」

何度も胸を吸われて、ぴんと張りつめた突起を甘く噛まれる。

入り込んだ指が別々の動きをして……中を広げていく。

「あぁっ、やっ……」

快感に耐えられずに体を横向きにすると、わき腹にアルベルの舌を感じた。そんなところまで舐められると思ってなくてフェインはまた、声をあげる。

アルベルの舌は、わき腹から腰骨を伝っていく。

「あっ、だめっ……やぁあっ！」

叫んだのは、アルベルがフェイン自身に手をかけたからだ。

すぐ近くにアルベルの舌があるのに。

アルベルの息を感じた。それから、フェイン自身が、ぬるりとした感触に包まれる。

「……っ！」

ひゅう、と喉が鳴った。

それから、すぐにあられもない声がフェインの口から流れる。

いつの間にか、後ろを暴く指はもっと増えて……。

アルベルの舌先が先端をつつく。それからじゅる、と音をたてて口の中へ……。

泣きそうになって、フェインはシーツを握りしめる。上へ逃げようとする体を押さえられて動けない。

指が、ある一点をついた。

その瞬間に体を走り抜けた快感に、フェインはアルベルの口の中であっけなく達してしまった。

「……め……ごめ……あああっ」

謝ろうとしているのに、アルベルの指がまたそこに触れる。

達して、力が抜けたはずの体がまたびくりと跳ねた。

「フィ、愛しています」

アルベルの指が、後ろから抜ける。続いた快楽にいっぱいいっぱいになっていたフェインはちょっとだけほっとして。

けれどそのすぐあとに、その場所に当てられた高ぶりにどくりと心臓が跳ねる。

ちょっと待ってほしいけれど、そう告げるための舌もうまく動かない。

「すみません、私も限界です」

アルベルが少しだけ、腰を進めた。指とはぜんぜんくらべものにならない圧迫感に、フェインはまたシーツを握りしめる。

「フィ、力を抜いて」

アルベルが太ももを撫でる。その動きにまたぴくりと反応してしまう体にアルベルがキスを落とす。肩、腕……胸、それから首筋。目に入った場所、すべてにキスをしようとするような動きに少しだけ力が抜けて……。

「ふぁっ」

また少しだけ奥へ。

じわじわと広がるその場所を確かめるように、少しずつ……。

「フィ」

うさぎの耳に唇が落とされて……、ぐっと一気にアルベルが腰を進めた。

「フィ、大丈夫ですか？」

熱いものが自分の中にあるのを感じて、ゆっくり目を開ける。

大きく広げた足の間……。アルベルと繋がっている。そう思うと不思議な感じだ。

嬉しくて、恥ずかしくて、幸せで……。

「アルベル」

背中に手を回して、力いっぱい抱きしめる。今のフェインにそれほど力はないけれど。

「僕、幸せ……」

「はい。私もです。そろそろ、動いても？」

首を横に振りかけて、やめる。だってもっとアルベルを感じたい。

ぎこちなく笑みを作って見せると、アルベルがゆっくり腰をひいた。

「あ……っ」

そのわずかな動きだけで、目の奥から火花が散りそうだ。

「フィ、声は我慢しなくていいですよ。聞いていたいので」

何度か緩く腰を動かしたアルベルが……そう、言って。

頷いたのか、頷かなかったのか……フェインはそれさえ覚えていない。

ただ、押し寄せる快楽と幸せに振り回されて……、頭の中にフェインを呼ぶ声と、愛しているという響きだけが残った。

「……本当に発情って抑えられていたのかな？」

疑問に思いながら、フェインはたくさんの枕に体を預けていた。横でアルベルがくすくす笑いながら、フェインの髪であそんでいる。

長い夜が終わって……。今朝のアルベルは危険だ。

ものすごく色気がある。

ふと笑う顔にどきりとするし、フェインの名前を呼ぶ声が限りなく甘い。

「新婚の妻をハニーと呼ぶ気持ちがよくわかります」

「え、呼ばないで！　それ、危険！」

今のアルベルの声で、ハニーなんて呼ばれたら甘すぎて溶けてしまうかもしれない。

「どう危険ですか？」

「どうって……」

フェインを見つめて目を細めるアルベルは、自分がどれだけ甘い顔をしているかわかっていないのだろうか？

「アルベルが今、そんなことを言ったら溶けちゃう」

「それは困りますね」

アルベルはフェインの頬にキスを落とす。キスは一度では止まらなくて、何度も……。唇が重なりそうになって、フェインは慌てて横を向いた。

「フィ？」

「だ、だめ」

「どうして？」

アルベルが手を伸ばして唇に触れる。

「愛しています」

その言葉に頬に熱が集まる。アルベルがこんなに甘い人だなんて思っていなかった。

「ねえ、フィ。キスをしてはいけませんか？」

ちゅ、と音がするのはフェインのこめかみ。それから耳のすぐ近く。キスをしてはいけないかと聞いているのに、これはキスじゃないのだろうか？

頬だけじゃなく、全身が熱くなりそうで……。

「フィ」

うさぎの耳にキスが落ちて、体がびくりと震えた。

「ああ、もうっ」

耐えきれなくなって、フェインはがばりと体を起こす。それからアルベルに飛びつくように抱きついた。

「フィ？」

「ぼ、僕だってキスしたいけど、もう朝だから」

「だから？」

続きを促すアルベルはゆっくりフェインのうさぎの耳を撫でる。ぞくぞくと背中を駆け上がる感覚に、フェインはたまらずにアルベルの唇に自分のそれを重ねた。

アルベルの大きな手が背中に回る。

「ん……っ」

くちゅ、と重ねた唇から小さな音が聞こえる。互いに伸ばす舌を絡ませて……そんなキスが普通になる日が来るなんて思っていなかった。

「アルベル、好き……」

合間に囁いて、再び唇を合わせるとさっきより深く舌が入り込んでくる。

一度重ねてしまった唇は、離してしまうのが難しい。少し引くと、アルベルが追ってくる。逆にアルベルが引くと……つい追いかけてしまって。

「私も、溶けそうです。フィ」

全身に回った熱は引きそうにないと思った。

結局、その日、寝台から出ることはできなかった。

正直に言うと、その日だけではない。

滞在は予定を大幅に延長して、そのまま一週間を別荘で過ごした。ラーズには二日後くらいに出発と言っていたのに、申し訳なさすぎる。

城からも呆《あき》れるほどに帰城を促す手紙が届いて……。やりとりは全部アルベルがおこなって、フェインは関わらせて貰《もら》えなかった。

帰途につくころ、ラーズが戻ってきてくれた。

一週間も待たせてしまって、そのままいなくなったらどうしようと思っていたけれど、ちゃんとフェインについて来てくれるようでほっとした。

「まあ、結局最後に理解し合えるのは獣人同士だけだ。いつかは手を放すときが……」

「来ません。永遠に」

アルベルが言葉尻に被《かぶ》せるように言い切る。

ふたりは顔を合わせるたびに、言い合いをしている気がする。けれど耳消し草の話をしているときは普通だから、一緒に仕事をしていくなかできっと仲良くなれるだろう。そうなるようにフェインも努力しなければと思う。

帰りの馬車には、クッションが増えた。

理由は……。うん。まあ、フェインがしょっちゅう耳消し草を口にしないといけないようなことなので言えない。アルベルから漂う甘い香りは危険すぎる。

城に戻ったら、忙しくなる。

獣人の特性を持つ人たちの実態を調査して、できるだけ早く助けの手があることを周知させて。何ができるか、何をするべきかを纏めて。

耳消し草の栽培についても進めないと。洞窟と同じような環境がいいだろうから、まずは王都の近くに候補となる場所がないか探す。ラーズが中心になってくれるだろうけど、薬草の研究をしている人にも意見を聞きたい。

ああ、そうだ。勉強だってまだ途中だ。勉強に、剣術に……それからそれからと頭の中でやりたいこととやるべきことがぐるぐると回る。

「フェイン様、頑張りすぎですよ」

城へと帰る馬車の中で、色々と思いついたことを書き記していると向かいに座るセイラが笑った。

「そんなことないよ。だって僕は貰いすぎだから」

「何をです？」

幸せを、と答えるには少し恥ずかしくて。

「神様が大盤振る舞いしすぎだから」

だから、他の誰かにこの幸せを返せるように、頑張りたい。

まずはラーズが笑えるように。ああ、でもラーズはもう笑っているかも。けれど、もっともっと笑ってほしい。

それから、みんなが幸せになれるように。

「セイラ、やりたいことがたくさんあるってすごいね」

そう言うと、セイラはにっこりと笑った。

「でも、馬車の中くらいはおとなしくしていてください」

セイラがフェインに向けて手を伸ばす。体を休めるために、今書いているものを渡せということだろう。

「これは僕の目標だから！」

渡すものか、と紙を胸に抱くけれどセイラは手を引こうとはしない。

「コリンナさんだって、目を大きくして休んでくださいって言いますよ？」

確かに。

ここにコリンナがいたら、フェインは馬車に乗る前からこの紙を取り上げられているだろう。

「私は城に戻ったらコリンナさんにどれだけ怒られるか。まさかフェイン様とアルベル様があんな……！」

ちらりとこちらを見られて顔が赤くなる。セイラは初めての夜から色々と気を配ってくれた。

「だから、私が怒られないようにフェイン様は元気いっぱいなお顔で帰って、幸せな空気を振りまいてくださらなければなりません！」

「幸せな空気？」

「ええ！　アルベル様と一緒にいれて幸せだーって空気です！」

それは一体どういうものだろう？

アルベルと誓ったあの朝、手を繋いだときの温かい気持ちだろうか。それとも初めての朝に溶けちゃいそうって言っていたあの感じ？

「それです！」

声に出してはいないのに、セイラが大きな声を上げてびっくりした。

「フェイン様、とっても幸せそう」

満面の笑みで言われて、ちょっと恥ずかしい。でも嬉しそうなセイラを見てまた、思う。

みんなが笑えるように。それから幸せになれるように。フェインがそう思うより先に周囲はフェインにそれを望んでくれていたのだと。

獣人の特性に目覚めて、能力を手に入れたとき。

おばあさまの日記を読んで耳消し草を探しに出たとき。

やりたいことが見つかって進もうとしているとき。

フェインが一歩を踏み出すたびに、周囲の想いがフェインを助けてくれる。

これからはフェインが誰かにそういった想いを伝えていくのだ。

「僕、これからもっと幸せになる。それから幸せな人をいっぱい作るからね！」

声に出すとフェインのうさぎの耳がぴょこんと跳ねた。

あとがき

この度は「うさぎ王子の耳に関する懸案事項」を手に取っていただき、ありがとうございます。稲月《いなづき》しんと申します。

徳間書店様で書かせていただくのも、雑誌という媒体も初めてで、少し緊張しながらも楽しく書かせていただきました。

うさぎ王子です。ある日突然、うさぎの耳が生えます（笑）。

主人公のフェインは病弱であったことから、少し自分に自信のない性格ですが、獣人の特性を手にいれたことで少しずつ前を向いていきます。

本文はフェインの視点で進みますので、フェインから見た周囲は愛に溢れる優しい世界です。周囲が過保護に守ってきたせいもあり、フェインは年齢に対して幼い面がありますが、純粋だからこそ、まっすぐに進んでいきます。守られる存在だったフェインが成長していく様子を楽しんで見守っていただければと思います。

イラストは小椋《おぐら》ムク先生に描いていただきました。